傣族英雄史诗

ဥသာ ပါရွာ

乌莎巴罗

第三卷

主编◎西双版纳傣族自治州少数民族研究所
主持翻译◎岩　香
整理◎罗俊新
主审◎刀世勋　祜巴龙庄勐
本卷绘画◎南苏婉娜

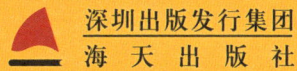

目录

第三卷

第 三 十 章	伯侄深山修佛道　巧遇仙女结良缘	0579
第三十一章	巴罗二进雪山林　又得树仙做娇妻	0609
第三十二章	帕巴罗艳遇不断　再娶仙女为娇妻	0623
第三十三章	慈悲为怀帕腊西　化解干戈为玉帛	0637
第三十四章	巴罗艳遇金孔雀　迎娶美丽大公主	0655
第三十五章	自古美女爱英雄　神仙美女大团聚	0677
第三十六章	自古姻缘天注定　神仙帮忙解难题	0687
第三十七章	帕巴罗迎接亲人　两亲家欢聚一堂	0705
第三十八章	众王尊聚集仙府　帕昆代喜得仙妻	0725
第三十九章	巴罗离开雪山林　灌顶加冕当国王	0747
第 四 十 章	巴罗去到勐庄昊　昆代迎娶金纳丽	0775
第四十一章	金纳丽灌顶加冕　喜庆大典起风云	0795
第四十二章	韦术塔出家修行　雪山林巧遇乌莎	0831

帕农和巴罗发现湖边一座金色凉亭——第三十章

妹妹的名字叫婻玛娜维佳 —— 第三十章

湖边上的婻桑卡仙女 —— 第三十一章

哥对妹的爱海枯石烂不会变——第三十一章

嫡西丽拜帕腊西为师 —— 第三十二章

金翅鸟把龙王和树一块叼进云端——第三十三章

七位孔雀公主在湖中沐浴 —— 第三十四章

巴罗迎娶孔雀公主 —— 第三十四章

英俊的术盘答王子骑上神马 —— 第三十七章

昆代赶忙去捕捉两只金丝鸟——第三十八章

金塔楼与大榕树 —— 第三十九章

金纳丽仙女在蓝天自由飞翔——第四十章

第三十章

伯侄深山修佛道
巧遇仙女结良缘

ပိုဒ် ၃၀ လုင်လလ္လုသ်ရှိပါပေုင်
ပျာရှုပရုက္ခဖေဝဒၢ

听吧，忠实的听众，
哥现在要接着把歌唱，
讲述帕农和侄子巴罗出家，
到深山老林里去当帕腊西。

伯侄俩离开了勐邦果，
就朝着东南方向走去，
他俩一直走进雪山林，
在那里寻找修行之地。

伯侄俩在茫茫森林里走着，
前世福德惊动帕雅因金座，
金座突然变得炽热僵硬，
帕雅因朝向人间看究竟。

天神王帕雅因俯视人间，
看清了伯侄俩的去向，
他从天上降临原始森林，
为他们准备充饥的食粮。

神王变出一座僧房，
还为他们准备睡觉的床，
神王把一切都做好后，
这才返回天座。

在那无边无际的森林里，
到处山清水秀鸟语花香，
大小动物在森林间跳跃，
有野牛、老虎、狮子和大象。

有孔雀、百灵鸟、野鸡,
还有马鹿、野猪和狼,
所有的野生动物群体,
和睦相处愉快交往。

还有松鼠、小猴和长臂猿,
在林中乱蹿,
风光秀丽的森林,
是百兽快乐的天堂。

它们看到帕农和巴罗,
瞪大眼睛叽叽喳喳叫,
像是欢迎远方的来客,
纷纷投去好奇的目光。

美丽的画眉和金鹦鹉,
站在树枝上放声歌唱,
那歌声好像一首欢迎曲,
对陌生的客人表示友善。

帕农和巴罗伯侄俩,
心情无比愉悦舒畅,
他们已经远离人群,
进入动物栖息的地方。

伯侄俩在密林中行走,
发现一个清澈的湖,
那湖水宛如一面镜子,
湖光山色全倒映在上面。

到了湖边他们放下行装,
那里的空气特别新鲜芬芳,
他们从未见到如此秀丽景色,
像有人专门为他们安排一样。

帕农和巴罗伯侄俩,
尽情享受这迷人的自然风光,
他们发现湖边有一座金色凉亭,
凉亭里摆着佛教用品。

凡是腊西要用的东西，
黄袈裟和化缘钵等一应俱全，
还有斧子锄头等劳动工具，
　　生活不会有困难。

　　原野清静宽阔，
绿草如茵非常平坦，
在这茂密的林海中，
有一座帕腊西住的僧房。

僧房上立着一块牌子，
　　上面写着两排字：
"如果谁有心做帕腊西，
　　就到这里闭门修炼。"

　　帕农看后非常激动，
他猜想是神仙帮忙，
这里已经远离人群，
　　不会有人在此盖房。

在那宽阔的林海里，
有无数野果和山药蛋，
闷热时可到湖中游泳，
　　令人无限爽快。

湖中还有美丽的莲花，
微风习习清香阵阵，
在那座僧房的附近，
绿树成荫鸟语花香。

帕农和巴罗在林中歇脚，
他俩没有贸然进入僧房，
他们在林子里住了三天，
帕农这才对侄儿巴罗讲：

"这就是我们修炼的地方，
　我们不能随便进入僧房，
　　入住之前还要举行仪式，
但找不到主持仪式的僧长。"

侄儿听了帕农的话,
叫伯父不必紧张,
他这就去找这里的佛门长老,
让长老来主持仪式。

帕农同意侄儿的意见,
叫他去找佛门长老,
巴罗随即跃上天空,
发现很远的地方有僧房。

他落地进入僧房,
发现里面空荡荡,
可能长老外出未归,
他只好回来把实情讲。

后来帕农跟侄儿一道前往,
走了几天才到达那座僧房,
见到了这位伟大的僧人,
他还会腾云驾雾飞上云端。

仙僧叫密噶腊西,
长期在深山里修炼,
帕农和巴罗见了他,
就行跪合十礼向他问安:

"尊敬的仙僧啊,
您是佛门德高望重的长老,
晚辈在这里有礼了,
向您老人家请安!

"您在这里长期修行,
想必一切顺心身体安康,
不知有没有人扰乱仙僧清静,
不知仙僧有无忧虑心烦?

"尊敬的仙僧啊,
我们向您祝福吉祥,
我们想拜您为师,
向您表示良好的祝愿!"

仙僧听了两人的话,
眼睛微开注视两人一番,
然后他口中念念有词,
念完后才向他们开腔:

"哦,老僧回客人谢意,
阿弥陀佛善哉善哉!
老僧在这里修行多年,
没有豺狼虎豹扰乱。

"动物见到我就走开,
野兽们都很友善,
老僧在此安心修行,
无忧无愁从不心烦。

"山上的这些动物,
好像与老僧有缘,
老僧到山上采摘瓜果,
它们还会来帮忙。

"这里的果实很多,
品种丰富吃不完,
这里环境很优美,
没有任何疾病传染。

"有时我到蓝天飞行,
每天可以到处游玩,
我还可以游山玩水,
尽情观赏大自然风光。

"不知两位有何贵干?
有何要求请直言,
只要我可以办得到,
我会尽力如你们愿。"

帕农和巴罗立刻拜谢,
把自己的来意详细谈,
想拜他为师修行积德,
解脱精神苦闷和心烦。

伯侄俩诚恳请求，
要留下来积德修炼，
以达到三空的境界，
请仙僧满足他俩心愿。

密噶腊西准许他俩请求，
此后便传授他们佛经，
伯侄俩天天专心修行，
真情投入从不敢偷懒。

仙僧的教学步步深入，
从佛德讲到法德，
又从僧德讲到更深妙的佛经，
他们天天默念日夜不断。

到了第七天正式入僧，
仙僧授予佛名"帕特西里"，
从此他们每天念经布道，
专心修炼不思人间事。

密噶腊西以慈悲之心，
全心向他俩传授业处，
以修定、业处和观法为核心，
这是修行的基础。

还有皈依佛、法、僧三宝，
要早晚勤修行每天温习不停，
这些都是圣贤者的修行之道，
师尊们传承延续至今不断。

伯侄俩对密噶腊西感激不尽，
他们掌握了禅定修行之法，
便告别密噶腊西离开那里，
准备回到刚来时见到的僧房。

帕农和帕巴罗按照来的路线，
沿着帕雅因暗中指引的路走去，
他们前行了九由旬的路程，
途中又见到一座帕腊西僧房。

帕腊西见到伯侄俩，
就向他们问道：
"你俩从哪里来，
现在准备去何方？"

帕农立即行跪合十礼说：
"奴俩从遥远的勐邦果来，
长途跋涉来到这雪山林，
想出家为僧做个修行者。

"在此遇到了福德高深的您，
是否可以在这里借宿一晚？
明天我伯侄俩就离开这里，
绝对不会给高僧带来麻烦。"

慈悲的帕腊西说道：
"两位修行者啊，
来了就请安心歇下，
明早再平安上路吧。"

帕腊西欢迎他俩的到来，
拿出野果来招待伯侄俩，
俩人吃饱了果子和山薯，
帕农向帕腊西求学业处。

大慈大悲的帕腊西，
把内观业处和菩提分法，
还有四无量心等知识，
教给了帕农和帕巴罗。

在僧舍里同帕腊西住了一夜，
伯侄俩学到不少佛教知识，
第二天伯侄俩就告辞帕腊西，
离开僧舍继续沿原路回去。

帕农和帕巴罗不停前行，
又走了大约三十由旬路，
终于看见了那个凉亭，
还有一座僧房和廊子。

帕农和帕巴罗意识到，
这都是帕雅因赠送，
地面平整干净，
令人心情舒畅。

伯侄俩举行了简单仪式，
这才一块进入僧房，
他们脱去华丽的王服，
换上了僧人穿的三衣。

帕农双手合十举至头顶说：
"我能够剃度为腊西，
这真是我的幸福呀，
我一定不辜负天王期望。"

帕农说罢缓缓起身，
绕着僧房环拜三周，
在廊子里来回踱步，
样子像独觉佛一般。

就从那个时候开始，
帕农每天早晚修行，
修行佛德法德僧德，
后来修得了正果。

巴罗陪同大伯帕农，
一块隐居在山林修行，
他每日清晨早早起床，
给伯父准备好洗脸水。

再烧好饮用的水，
然后进山采摘野果薯，
山林里的瓜果很多，
有黄瓜、香瓜、南瓜和冬瓜。

凡是农民地里种的瓜果，
在雪山林里都可以找到，
都是帕雅因为他们准备，
取之不尽用之不竭。

他们虽远离了人群,
吃穿不愁身体健康,
他们得以专心修行,
一点也不会分心。

凡是腊西应该持守的律条,
他们按照要求严格遵行,
帕巴罗也全身心投入,
年纪虽小却从不贪玩。

他学习念经进步很快,
砍柴挑水等杂务样样干,
服侍伯父整整七个月时间,
学习长进还学会干很多活。

巴罗学会了佛教经书,
懂得五戒八戒的内涵,
福气保佑他进入仙境,
伯侄俩不久悟道成帕腊西。

此后情况发生了变化,
森林里的灵猫和鹿,
还有老虎和黑熊等动物,
都成了他们的好朋友。

他们同动物相互追逐打闹,
还同野猪在林里到处游窜,
他们同成群的野兽玩游戏,
各种野兽从不互相打斗。

因为它们全受帕农影响,
被慈无量心的威力感化,
在雪山林三十由旬宽地方,
各种动物友好如兄弟一样。

经过刻苦修行磨炼,
帕农的进步非同一般,
不久他就悟道进入新境界,
能腾空飞上云端。

他精通更多的佛经,
教义真谛他领悟于心,
他的心胸更为坦荡,
他的福气更为宽广。

无我的心底带来美好福气,
茫茫森林成为极乐天堂,
他时刻牢记佛祖的教诲,
他的行为像神仙一样。

他有时到清澈的湖中游泳,
陶冶心灵洗净身上的肮脏,
雪山林湖光山色美丽如画,
那里纯净的湖水明亮如镜。

巴罗修行成功,
他非常高兴得意洋洋,
他要放松身心消除疲劳,
从此每天到森林里游玩。

他在茫茫森林里到处走,
他闲逛在美丽的雪山林,
他越过箐沟走过草地,
有一天爬上一座高高的大山。

在大山脚下有一个金湖,
他看到一位美丽的仙女,
她的名字叫婻玛娜维佳,
她是一位体态丰满的姑娘。

她的故乡在沙巴迪景罕,
那里有她金色的塔楼,
耸立在仙国的美景里,
在一棵绿色的榕树上。

这棵榕树非常神秘,
树身很高无法丈量,
它高耸入云顶着天,
人站在树下看不到顶端。

这棵树身也大得吓人,
一百人拉起手抱不过来,
塔楼建在树丫中间,
树冠就像一把天伞。

她也见到了巴罗,
如同蜜蜂见到红糖,
他俩相见的一刹那,
所有鲜花为他们开放。

到处呈现出春天的景色,
到处飘荡着芬芳的花香,
鲜花为他俩做媒,
鲜花为他俩结缘。

年轻的小伙子容貌英俊,
就像天上的帕雅因神王,
他身上散发出迷人的香味,
姑娘一闻到味道全身瘫软。

姑娘走到他身边微笑,
挨近这位可爱的少年,
她顾不了少女的害羞,
不由自主地向他召唤:

"椰树干一样挺拔的小阿哥,
是什么风把你送到我身旁,
人世间找不到像你这样的人,
莫非哥哥是天上神仙下凡?

"你是不是下到人间巡游,
你的样子长得非同寻常,
脸皮细白的哥哥啊,
请问你究竟来自何方?

"现在你来到这森林里,
究竟有什么事情?
请求哥哥你来告诉我,
把我当做朋友一样。"

姑娘说话轻声细语,
就像百灵鸟轻声歌唱,
巴罗听到她的问话,
心里如同吃了蜜糖:

"美丽迷人的仙女妹妹,
哥哥不是天上神仙下凡,
不是到人间巡游世界,
更不是水下的小龙王。

"我也不是天国上的神仙,
来到人间把鲜花欣赏,
哥哥是人世间的凡人,
在这大地上土生土长。

"至于天上的仙境如何美,
过去我只是听老辈人讲,
想不到在这雪山林里,
竟有如此美妙的人间天堂。

"我想有福的人才能享受,
住在这里是有福的仙人,
因为在这茫茫的林海里,
有数不清的虎豹和豺狼。

"这里实际上也不太平,
有无数的妖怪逞凶,
它们在这里横行霸道,
吸人血吃人肉令人心寒。

"有福的人在这里修行,
妖魔鬼怪不敢对他怎样,
帕腊西在这里布道念经,
最后腾云驾雾巡游四方。

"此外还有仙女在这里生活,
听老人讲她就是男人梦想的姑娘,
宝石般纯洁的妹妹啊,
你的美貌令哥哥着迷。

"我知道你不是一般的女孩,
不是任何人都能得到你的爱,
　　　只有有福分的人,
　　才能打动你纯洁的心。

"哥哥在这里修炼学才干,
做梦也想见到仰慕的姑娘,
　想不到今天能够遇到你,
　莫非你就是我追求的姑娘?

"现在哥哥冒昧地问妹妹,
　你为什么到这里来游玩?
　莫非妹妹为了自己的爱情,
　　来这里寻找意中的情郎?

"莫非你是韦扎团魔王的女儿,
　在这里寻找人肉充饥肠?
　或者你真的是一个仙女,
　来到这密林里游玩闲逛?

"莫非妹妹是勐乌东板的仙女,
　只是在这里散心别无他想?
　我看妹妹在这里摘下花朵,
莫非是定情信物又不好对人讲?

"莫非妹妹是龙王女儿,
　等待心上人快点上岸?
　如果妹妹是个凡尘女子,
不可能来到这偏远的雪山林。

"如果妹妹不嫌弃哥哥,
　就请妹妹把金口开启,
　把你的心事告诉哥哥,
　免得我在这里胡思乱想。"

花一般的婻玛娜维佳姑娘,
　　她张开饱满的臂膀,
　还伸出熟香蕉般的指头,
　　行合十礼对巴罗讲:

"亲爱的小阿哥啊,
也许今生今世我们有缘,
我不会向你隐瞒身份,
我告诉你我的全部情况。

"我不是王宫里的龙女,
来到这里等待什么情郎,
我也不是勐乌东板的仙女,
在这里把意中人期盼。

"妹妹更不是狠心的妖女,
专门寻找人肉充饥肠,
妹妹的名字叫婻玛娜维佳,
你就是妹妹意中的情郎。

"妹妹专门来这里等待你,
寻找像你这样的好儿郎,
妹妹来自一朵金莲花,
那金莲花便是孕育我的亲娘。

"也许是前世结下的缘分,
让你我在这里结成双,
那天春风吹开金莲的花蕾,
让妹妹住进金塔楼上。

"塔楼建在这棵大榕树上,
妹妹住在里面眼望四方,
妹妹在里面慢慢长大,
现在已经是十六岁姑娘。

"妹妹未曾遇到任何男人,
想不到今天把哥哥碰上,
也许这就是福气的缘故,
让我闻到你身上的芳香。

"请求哥哥不要抛弃妹妹,
不要辜负我对你的期盼,
让我孤独一人无依无靠,
留在这里哭泣独自心酸。"

这时的帕巴罗啊，
已知道姑娘的心思，
他毫无保留地掏出心里话，
告诉面前这位美丽的姑娘：

"哥哥出生在勐邦果土地上，
父亲就是丙比桑国王，
哥哥家有个善良的母亲，
就是媔迪芭玛丽王后娘娘。

"她是帕那罗延那的女儿，
母亲非常慈祥心地善良，
勐邦果是个泱泱大国，
我们的家族很有名望。

"哥哥从生下来到现在，
已经有十六岁半，
哥哥的家境很好，
从小在宫廷里成长。

"妹妹你是个美丽的仙女，
不懂得凡人的生活习惯，
要是跟着哥哥到人世间，
可能生活会觉得困难。"

姑娘听了巴罗一席话，
心里好像簸箕筛沙子一样，
她觉得哥哥对自己不理解，
要把心里话对他讲：

"亲爱的小阿哥啊，
大树上的香果吃不完，
我不用自己伸手去采摘，
香果就会自动移到我嘴旁。

"但是有吃不等于就幸福，
幸福的生活多种多样，
现在妹妹很爱哥哥，
再香甜的果实也比不上。

"不知哥哥是否爱妹妹,
愿意成为妹妹的情郎?
我只担心哥哥另有所爱,
妹妹空有红颜也无人看。

"哥哥像山坡上的花果,
香气扑鼻惹人嘴巴馋,
可惜树干太高妹妹够不着,
眼望着花果干着急。

"要是妹妹有情哥无意,
这样会让妹妹很心酸,
好比高大笔直的红栗树,
想采下它的果实却够不上。

"一个人想要的东西得不到,
钟情的人心又不往一处想,
这是苦事令人痛心,
也是人生最大遗憾。

"我头上的小哥哥啊,
你的洪福无比宽广,
妹妹面对面望着哥哥你,
却不能紧紧靠在你身旁。

"请求金宝石般的哥哥啊,
请把你的爱留给我分享,
我要紧紧靠在你的身边,
请求你满足妹妹的渴望。"

巴罗经过细细琢磨,
姑娘的爱撞击他的心房,
他无法抑制自己的激动,
爱情的火花被点燃:

"可爱的雪山林姑娘,
你像一朵美丽的金莲,
金莲花开芬芳四溢,
是不是已经有人拿来品尝?

"哥哥怕妹妹有了心爱的人,
　　想把花采又没有胆量,
　　须知隔夜的食物不新鲜,
　　重新煮熟但味道已走样。

　"即使多加进几味配料,
　　再也没有新鲜的味,
　　我要问迷人的小阿妹,
　　希望你能如实对我讲。

"花果有无人尝过你最清楚,
　　我相信妹妹纯洁善良,
　　可是相信不等于事实,
　　请妹妹别把实情隐瞒。

　"如果妹妹没有过男主人,
　　哥哥才敢向你诉衷肠,
　　如果鲜花已经被人采,
　　我只能后悔自己来得晚。"

　　帕巴罗的话打动了姑娘,
　　她觉得同巴罗相见恨晚,
　　她已领会小伙子的心意,
　　她把自己的实情对他讲:

　　　"妹妹心上的爱人啊,
　　　你是我这一生的希望,
　　　　请你救救我的命吧,
　　　没有你我可能会发狂。

　　　"妹妹我完全属于你,
　　　活着妹妹是你的人,
　　　死了妹妹愿做你的鬼,
　　　我要与阿哥甘苦与共。

　　　"其实妹妹的身子啊,
　　　像一朵缅桂花含苞待放,
　　　　不曾有人采过花蜜,
　　没有任何男人靠近我身旁。

"妹妹是个纯洁的少女,
严守佛祖的戒律规章,
从今后妹妹不再离开你,
绝不会去找其他情郎。

"如果哥哥不相信的话,
哥哥可以再观察看看,
妹妹可以耐心等待你,
等你信赖妹妹再结情缘。

"妹妹将走进茫茫林海,
找寻帕腊西拜师念经,
等到妹妹学到佛经戒律,
妹妹再来找哥哥做情郎。"

巴罗是纯情的小伙子,
被姑娘的话打动心房,
他坚定地对姑娘说,
他可以等她到永远。

他叫她可以先去学本事,
掌握学问见识广,
他答应将来与她结为夫妻,
两人相爱直到海枯石烂。

姑娘于是告别巴罗,
腾上云天去找帕腊西,
帕腊西在广阔的海洋边,
在鲜花盛开的雪山林旁。

那地方叫做啊哈拉沙尼,
那里有一位修行的帕腊西,
她向帕腊西行跪合十礼,
说出自己拜师学经的愿望。

帕腊西见到这位仙女,
答应把本领传授给她,
他传授十八般武艺和法术,
还送给三味神奇仙丹。

经书上告诫人们贪心则恶，
第一条傣语叫做多沙木哈，
　　意思是陷害别人不好，
　　恃强欺弱必定有恶报。

第二条傣语叫做麻纳沙好，
　　告诫人不可逞强好胜，
　　到处吹嘘自己是万能人，
　　好像自己战无不胜。

第三条傣语叫麻特员弥沙，
　　告诫做人不可胡思乱想，
　　乡规民约都应该遵守，
为所欲为的人没有好下场。

第四条傣语叫梯纳弥达嗒，
告诫那些不劳而获的懒汉，
　　还有那些不学无术的人，
　　　　这些行为都不好。

　　　第五条傣语叫吾淌扎，
　　　教育人一定要有涵养，
不能牢骚满腹怨天尤人，
　　　这种小人最讨人嫌。

第六条傣语叫做阿西里南，
佛经认为做人应顾全脸面，
不知羞耻的人活着没有意义，
　　会被人看成没有教养。

第七条是指那些不知罪恶的人，
　　这一条傣语叫做阿努达帮，
　　　违法犯戒的人没有善果，
　　　做人要永远严守戒律。

婻玛娜维佳学会了做人的戒律，
　　　　　心中感到无限欢喜，
　　她感谢帕腊西的辛勤教诲，
　　她感激帕腊西的无私奉献。

姑娘拿来了爆米花和蜡条,
作为圣洁的礼物摆在玉盘上,
高举齐头敬献给帕腊西,
感谢他传授的本领。

然后她告别了帕腊西,
离开念经学艺的雪山林,
她回到了金塔楼,
回到那棵高大的榕树顶上。

她思念心爱的巴罗,
在塔楼里一夜未能合眼,
她想尽快见到心爱的情郎,
期盼着东方快点发亮。

天空刚露出曙光,
她迫不及待地起床,
她忙着洗漱,
又赶着生火烧水做饭。

她把房屋打扫得干干净净,
又对自己精心打扮一番,
然后搬张凳子坐在门口,
翘首把心上的人儿期盼。

再说巴罗那小伙子,
也天天怀念心爱的姑娘,
他经常魂不守舍,
站在门口眼望着远方。

当得知婻玛娜维佳姑娘已回来,
他高兴得几乎要发狂,
他人还没有走出门外,
心早已飞到金塔楼上。

两个年轻人终于又见面,
两颗炽热的心互相碰撞,
他们抑制住激动的心情,
很有礼貌地互相问安。

姑娘跪着面向帕巴罗，
向巴罗询问近来是否健康，
她目不转睛看着情人，
那双水汪汪的眼睛秋波荡漾。

巴罗见到心爱的姑娘，
有千言万语想对她讲，
他伸手把她扶起来，
让她坐下来好好谈：

"不知妹妹此行学到什么？
学到了什么佛经篇章？
学到了什么知识和法术？
请妹妹细细同哥哥讲。"

美丽沉静的姑娘，
已明白巴罗的意思，
她把学到的东西，
一五一十对他讲。

她把经书倒背如流，
请巴罗哥哥检验，
她问他背的戒律对不对，
谦虚地请他帮忙纠正。

他继续向她提问，
她随口而出对答如流，
他心里暗自高兴，
他对姑娘更加喜欢。

"只要我们牢记戒律，
只要我们用戒律指引行为，
我们的一切就会好起来，
我们的前面就有无限风光。"

"哥哥的话妹妹已记在心，
相信哥哥能信守诺言，
不知哥哥是否记住山盟海誓，
我俩的婚姻大事不知何时办？"

帕巴罗用微笑回答,
他觉得没有必要开腔,
他把她紧紧搂在怀里,
好像两座喷发的火山。

她把他领上自己的塔楼,
他俩一道走进姑娘卧房,
两个互相爱慕的年轻人,
一道沉浸在爱情的海洋。

巴罗同婻玛娜维佳姑娘,
一道进入爱情的梦乡,
他俩紧紧搂抱在一起,
没完没了地缠绵。

他俩是一对金童玉女,
第一次尝到爱情的疯狂,
一个是仙女一个是凡人,
人仙恋爱同人间没两样。

他们尽情享受,
他们尽情交欢,
享够了男欢女爱,
婻玛娜维佳对丈夫讲:

"我宝石般的丈夫啊,
我的生命全在你身上,
我从此再也离不开你,
离不开我最心爱的夫郎。"

她说完又亲吻巴罗额头,
然后用脸紧贴他的心房,
巴罗紧紧搂着爱妻,
也把心里话对她讲:

"哥哥心上的女神啊,
我俩仿佛登上了月亮,
我俩的爱情永不消失,
我俩的爱情地久天长。

"愿大地和蓝天为我们作证,
愿我们夫妻的情谊坚如磐石,
　　我俩一道向苍天发誓,
我俩永不分离直到海枯石烂。

　　"丈夫好比一座大山,
　　　妻子如同大海洋,
　　　大山护卫着大海,
　　大山和大海共存亡。"

　　丈夫的话拨动妻子心弦,
　　此刻的姑娘像吃了蜜糖,
　　　　她又向巴罗发誓,
　　　她要把爱全部奉献:

　　"我爱我丈夫的心啊,
要使它像金石银石一样,
　　愿大地为我作证,
永远像今天不变样。

　　"我的爱像苍天像大地,
　　千年万年也不会变样,
　　我发誓我爱丈夫啊,
像气体像空气一样久长。"

　巴罗和嫦玛娜维佳一道下跪,
　　　背靠大地面向上苍,
　　　他俩在一块拜天地,
　　从此结为夫妻永不离散。

　　贤惠的嫦玛娜维佳姑娘,
　　端来丰富的仙国佳酿,
　　慰劳和款待她的丈夫,
　　表达妻子的良好祝愿。

　　　　帕巴罗非常开心,
　　招呼妻子一道吃饭,
　　　　这对新婚夫妇,
　　第一次同桌用餐。

夫妇俩吃饱喝足之后，
妻子端来神水给丈夫洗脸，
她以仙女的方式招待丈夫，
让丈夫如同生活在天堂。

巴罗娶了美丽的仙妻，
仙妻身上散发出迷人芳香，
帕巴罗完全被陶醉，
阵阵暖流激荡心房。

这对恩爱的小夫妻，
你呼我应没有间断，
爱情如同长熟了的稻谷，
轻轻搓动就成大米一样。

在婻玛娜维佳姑娘的金塔楼，
各色美味食物品种纷繁，
食物任你享用，
美味任你品尝。

在婻玛娜维佳姑娘的金塔楼，
各种神仙用的东西一应俱全，
有飞行用的神鞋，
还有护身的神弩利箭和仙丹。

在那金色的塔楼里，
有仙女居住的温馨闺房，
闺房里摆放她的护身法宝，
一切的摆设如同神国天堂。

婻玛娜维佳是天上的仙女，
她所用的东西同人间不一样，
想要的东西应有尽有，
东西摆在半空中也不会掉地上。

人间有的东西塔楼上全有，
神仙有的东西她也不稀罕，
神奇古怪的珍宝多得数不清，
还有无形的福气保佑她无恙。

妖魔鬼怪见到她退避三舍,
一切灾害也远离她的身旁,
如今她同巴罗结成夫妻,
更为她增添了力量。

帕巴罗这小伙子不简单,
他的名气早已广为传扬,
他在妻子那里喝到纯净仙水,
力气骤增能敌六万头大象。

他住在妻子的塔楼里,
仿佛生活在梦境一般,
生活是那样甜美温馨,
他看到人间没有的风光。

寂寞恨更长,
欢娱嫌更短,
不眠的长夜转眼过去,
窗外已现出黎明曙光。

东方的太阳已经升起,
他心中的太阳却下山,
他想起了年老的伯父,
他不得不把心事对妻子讲:

"金莲花般的爱妻啊,
哥哥还得返回僧房,
我得去帮伯父打扫房间,
我得去帮他烧火做饭。

"我把家务事做完,
哥哥就立即返回,
请你在这里等我,
我会很快回到你身旁。"

她听到丈夫一席话,
禁不住眼眶泪汪汪,
巴罗话音一落,
她立即把话儿接上:

"夫君啊妹妹要随你去,
一分钟也离不开你身旁,
跟随哥哥去服侍帕腊西,
家务事让妹妹做更恰当。"

巴罗觉得她说得有道理,
便带着仙妻回僧房,
他们一道走下高高的塔楼,
夫妻边走边玩双双把家还。

他们从天上飞到了地面,
穿过密林来到伯父的僧房,
他们烧水做饭打扫僧院,
做好香喷喷的饭菜等伯父品尝。

之后帕巴罗到另一僧房,
抓紧时间坐上念经金床,
他专心致志地默念佛经,
把这两天耽误的功课补上。

巴罗自己并不知道,
他自己苦苦追求的梦想,
天上的神王已早有安排,
他的梦想必定如愿以偿。

他的爱妻在继续干活,
她心灵手巧忙个没完,
她在丈夫念经的时候,
把僧房打扫得干干净净。

当帕农醒来的时候,
才发现家里来了位漂亮姑娘,
他已知道姑娘是自己侄媳妇,
他看在眼里暗暗赞赏。

他以长辈身份同意他们婚事,
希望他们白头偕老幸福美满,
他吃着侄儿媳妇端来的饭菜,
吃得又甜又香。

此后夫妻俩天天来往,
白天他们到僧房服侍帕农腊西,
傍晚他们又一道飞回金塔楼,
依偎在一起共度美好时光。

古老的时候有个传说,
地面的人也像天上神仙,
而神仙的日常起居,
也像人间的生活一样。

婻玛娜维佳住在金塔楼,
她的生活方式同凡人一样,
同样有七情六欲喜欢异性,
与巴罗沉湎于儿女情长。

当然人仙也有不同的地方,
仙女有更强的激情和欲望,
她的性欲超过人类千百倍,
她的繁衍方式也不一样。

每当夜幕降临的时候,
妻子就缠着丈夫不放,
妻子直至满足才肯罢休,
巴罗轻松满足妻子的欲望。

佛祖世尊的这段故事已经讲完,
他又准备归纳进行小结,
此时的他心情很平静,
对比丘和释迦族的王亲们讲:

"众比丘啊!
生活在欲界里的众生,
要享受到像神仙那样的五欲,
其实不那么简单。

"他们有他们的欲望,
他们有他们美的标准,
要想同神仙异性亲热,
那是非常的困难。"

第三十一章
巴罗二进雪山林
又得树仙做娇妻

听吧,缅桂花样的姑娘,
　现在哥要继续歌唱,
哥要继续唱巴罗的艳遇,
　歌唱仙女如何为他痴狂。

话说巴罗和仙女在一起,
　俩人生活过得非常甜蜜,
他们享乐了七天之后,
　巴罗想起要出去游玩。

第八天巴罗走进伯父僧房,
　帕农腊西正在那里静修佛经,
仙女妻子在一旁侍奉着帕农,
　巴罗把她叫出门口温柔地讲:

"神仙妹妹啊,
　你在这里侍奉伯父蛮辛苦,
我担心你会把身体弄垮,
　应该回去休息消除疲劳。

"你先回自己的塔楼去,
　好好休息什么事也别干,
等太阳落山了之后,
　哥再到妹那里陪你玩。"

巴罗送走仙女之后,
　就独自到林子里游玩,
他很喜欢洗澡游泳,
　这次去到金湖的南边。

在金湖的南面,
又遇见一位仙女在那里玩,
仙女名叫婻桑卡,
体态丰满美丽大方。

她和婻玛娜维佳仙女一样,
也生活在一棵大榕树顶上,
在榕树顶上的塔楼里享仙福,
不用劳动不愁吃穿。

桑卡仙女见到巴罗,
发现他美貌英俊非同一般,
她顿时激动得浑身颤抖,
春心躁动满脸现出红光。

显然她爱上了巴罗,
爱上了这位菩提萨尊者,
想和巴罗成双成对,
结为夫妻共度美好时光。

她于是离开自己的塔楼,
从大榕树下来走到湖边,
她没有大家闺秀的羞涩,
走到帕巴罗面前对他开言:

"奴美貌英俊的哥哥啊,
哥莫非是帕雅因化身下凡?
还是天上的哪一位天神,
来到森林里游玩?

"或是人间哪个国家的王子,
否则不会长得如此英俊好看,
让奴一见就喜欢,
请您如实告诉妹妹好吗?"

巴罗回答桑卡仙女说:
"听到妹妹的询问好开心,
妹妹的声音比蜜甜,
妹妹可是仙女来下凡?

"哥不是天上的什么神仙,
　下凡到人间森林里玩,
　也不是乔装打扮的魔鬼,
　来骗取美色残害生灵。

"哥是世间的人类,
　我的名字叫巴罗,
　哥哥家住在勐邦果,
　父亲名叫帕雅丙比桑。

"我母亲叫婻迪芭玛丽,
　她是色究竟天里的仙女,
　外公名叫帕那罗延那,
　他神通广大法力高强。

"哥哥我有芬芳的体香,
　足以说明我不是大魔王,
　因为哥哥从来只吃仙物,
　所以没有腥臭的污秽。

"哥也没有人类的体臭,
　这种现象不可能编造,
　我陪帕农大伯来到这里,
　出家修行做帕腊西。

"哥哥正在林里四处走,
　无意走到这金湖旁,
　哥想在湖里游泳洗澡,
　我的情况就是这样。"

　　帕巴罗接着问道:
"妹妹你又是哪里人?
　来这里做什么呢?
　请你告诉哥哥吧。"

　　婻桑卡仙女回答说:
"小奴不敢撒谎,
　奴的名字叫桑卡,
　是大榕树的保护神。

"奴就住在这棵大榕树顶上,
在塔楼里享仙福度时光,
因为大榕树就在湖边,
所以妹妹也同大湖做伴。"

婻桑卡听了帕巴罗的话,
对这位菩提萨尊者更喜欢,
她非常钟情这位小伙子,
于是故意挑逗巴罗:

"英俊的巴罗王子啊,
您真正是人中的豪杰,
妹妹希望有福气与您相伴,
哪怕是片刻的温存也无妨。

"虽然您有极香的身体,
可是却只能远远地看,
这样会令人非常痛苦,
对哥哥可望而不可即。

"有一个又香又美的东西,
吃不到的人会更加眼馋,
美貌英俊的哥哥呀,
妹求哥再挨近一点。"

巴罗听了桑卡的调情,
知道她在故意引诱自己,
心想这个仙女心里很爱我,
想要我做她丈夫又不直说。

巴罗就对桑卡仙女说:
"仙女妹妹啊!
哥不是富贵人家的子弟,
不是寻花问柳的花花公子。

"如果你真心爱哥哥,
想跟随哥哥过一生,
必须懂得神仙道法,
哥哥才能娶你为妻。

"如果你不懂神仙道法,
　　哥哥就不会娶你,
　　哥哥不是随便乱说,
言之有信说到做到。

"哥的态度很认真,
如果你懂得神仙道法,
　　就请你马上回答,
如果不懂就去求学吧。"

　　桑卡仙女说:
"奴的巴罗哥哥呀,
福气把英俊王子带来,
妹多么爱哥也是白搭。

"这个神仙道法呀,
　奴现在还不知道,
请巴罗哥给妹一个机会,
　妹妹为了哥哥去求学。

"也请哥哥守信用,
千万不可作弄妹妹,
　待妹妹学成归来,
哥哥一定要说话算数啊!"

　巴罗对桑卡仙女说:
"桑卡妹妹啊,
如果你不知道神仙道法,
就赶快去找人教你吧!"

那时太阳落山天色已晚,
巴罗就此辞别桑卡仙女,
婻桑卡仙女也开始准备,
要往大海对面去求学。

　桑卡漂洋过海,
寻找懂神仙法的帕腊西,
　她下了很大的决心,
　一定要学懂神仙道法。

桑卡去到大海对岸,
又转了好多地方,
终于找到一位修行者,
名叫阿卡腊萨梨尼。

她向修行者说明来意,
这名修行者欣然接受,
经过履行拜师仪式,
桑卡仙女开始学习。

帕腊西教学非常认真,
将神仙法如数教给桑卡,
桑卡也不辜负期望,
点点滴滴全部记在心上。

帕腊西对桑卡仙女说:
"神仙法是神仙和圣者的道法,
是修行的最基本道理和规范,
也是制约修行者行为的戒律。

"那些智者和学士们,
都知道涅槃的道理,
他们有心置身于涅槃,
进入欢乐的涅槃幸福里。

"他们耻于作孽,
怕作孽后遭报应,
所以能严格要求自己,
矢志不移修行到底。"

帕腊西还向她讲解,
解说这个世间的神仙法,
一条一条讲给婻桑卡听,
非常完整没有半点遗漏。

桑卡凭自己的智慧,
对神仙道法心领神会,
她记住所有神仙道法,
心灵似雨过天晴。

桑卡仙女学成之后,
就向帕腊西辞行,
她敬献袈裟和鲜花,
对帕腊西表示感谢。

桑卡拜别帕腊西,
按照原来的路线返回,
回到自己的塔楼里,
她心情欢畅精神抖擞。

巴罗知道桑卡回来,
但他正忙得不可开交,
只好施行法术,
变化出自己的替身。

替身去到桑卡的塔楼下,
站在那棵大榕树下面,
媔桑卡仙女不知底细,
看不出那是巴罗替身。

她从自己的塔楼里下来,
走到巴罗身旁对他说:
"奴的巴罗哥哥呀,
奴已经学到神仙法了。

"世间懂善法有善德的智者们,
他们都耻于作孽,
这就是人世间的神仙法,
不知道这样的理解对不对?"

巴罗回答说:
"桑卡妹妹啊,
妹所说确实是神仙法,
你的收获很大理解透彻。"

桑卡仙女说:
"奴的巴罗哥哥呀,
妹妹的理解还很粗浅,
只要哥认可就算过关。

"哥哥曾经对妹妹许诺,
懂神仙法就娶奴做妻子,
现在奴已知道了神仙法,
哥就得做妹妹的丈夫了。"

巴罗无话可说,
用微笑表示认可,
桑卡带巴罗上到塔楼,
带进自己的房间里。

婻桑卡抑制不住感情,
把巴罗搂得紧紧,
她把巴罗裹进自己的怀里,
过了好久才慢慢松开手。

她让巴罗坐在仙垫上,
久久凝视着他不眨眼,
桑卡的眼神含情脉脉,
表达了她无限的爱情。

巴罗接受了她的爱,
也对着她深情注视,
巴罗确实很爱婻桑卡,
他对桑卡仙女说:

"桑卡妹妹啊,
哥对妹的爱稳如须弥山,
哥对妹的爱坚如磐石,
如同帕雅因天宫前的神柱。

"哥对妹的爱呀,
海枯石烂不会变,
天长日久一条心,
直到九十万年。"

婻桑卡也动情地说:
"妹心爱的哥呀,
妹对哥的爱也稳如须弥山,
只要山在妹的心就不会变。

"妹做哥哥妻子的决心哟,
就像帕雅因天宫前的神柱,
　　永远不会变样,
妹对哥的爱直到九十万年。"

　　俩人情深似海,
　　彼此山盟海誓,
　　婻桑卡拿出金盘,
　　端来仙界的食物。

　　俩人一起享用,
　　俩人谈笑风生,
　　桑卡突然起立,
　　搂住巴罗亲吻。

　　巴罗也把她搂进怀里,
　　俩人卿卿我我诉说衷肠,
　　俩人互相抚摸像揉面团,
　　俩人不停亲热直到天亮。

　　天亮时巴罗对桑卡说:
　　"哥要去侍奉帕农腊西了,
　　我俩今天只能到此为止,
　　僧房里还有很多事等我做。"

　　巴罗说后去洗澡净身,
　　然后离开桑卡的塔楼,
　　桑卡也跟着帕巴罗同行,
　　一块去侍奉伯父帕农腊西。

　　巴罗的替身回到僧舍就消失,
　　　桑卡丝毫没有感觉,
　　　巴罗经常会这样做,
　　　去应付方方面面。

　　当他要出去游玩的时候,
　　就念咒变出自己的替身,
　　　一个在外面游玩,
　　　一个与妻子相伴。

两位仙妻性欲都很强,
巴罗同时与两个人做爱,
而且替身和真身都一样,
同样能满足妻子的欲望。

两个巴罗分别陪两个妻子,
住在她们的塔楼里,
睡在她们的仙床上,
每天都玩到天大亮。

娶桑卡的事他也没隐瞒,
他如实对婻玛娜维佳讲,
征得婻玛娜维佳的同意,
两位仙妻友好相处互相谦让。

天亮后两位仙女都到僧房,
用钵盂装好仙食,
端去给帕农腊西吃,
她们又一起去打扫院子。

这天帕农腊西见到桑卡,
发现有两位仙女来打扫院子,
他心想美女都喜欢英俊小伙子,
他没有吃惊也顺其自然。

他心想两位仙女都漂亮,
一定看上巴罗的容貌,
都想巴罗成为自己丈夫,
既然两厢情愿又有何相干。

有一天巴罗要到林中玩,
这已经是他的老习惯,
但他出去之前会打招呼,
就对两位仙妻讲:

"哥哥要到林里去游玩,
两位妹妹请原谅,
我走后你们没事做,
就回各自塔楼里等候。"

巴罗说后穿上仙鞋，
佩上宝剑带上弓弩，
他跃上高空飞翔而去，
两位仙女就回各自塔楼。

第三十二章

帕巴罗艳遇不断
再娶仙女为娇妻

ᦟᦲᧅᧈ ᧓᧒ ᦔᦱᧃᧉᦓᦲᧉᦠᦳᧂᦉᦳᧇᦂᧉᦵᦋᦲᧂ
ᦵᦀᧈᦱᦉᦱᧁᧂᦠᦳᧂᦵᦟᧇᦵᦙ

听吧,各位父老乡亲,
　我要继续接着歌唱,
歌唱巴罗艳遇的故事,
　他艳遇的故事还没完。

　　巴罗已得到两位娇妻,
　　　他的生活非常甜蜜,
　　他们同吃同住同做事,
　　　夫妻三人日夜厮守在一起。

　　虽说巴罗已娶了老婆,
　　　但他念经修炼没中断,
　　他每天按时做完功课,
　　　也没改变以前的习惯。

　　以前他很爱下湖游泳,
　　　也喜欢到雪山林里游玩,
　　而且每次出去总是一人,
　　　这种习惯他不想改变。

前面说到巴罗要到林中玩,
　便对两位美丽的仙妻讲:
"哥哥要到林中去游玩,
　两位妹妹就回塔楼等候吧!"

　　两位仙妻都很贤惠,
　　　对夫君决定从不为难,
　　她俩听后频频点头,
　　　送巴罗到门口草地上。

巴罗穿上仙鞋，
佩上宝剑带上弓弩，
跃上高空飞行而去，
两位仙妻也回到自己的塔楼。

巴罗辞别了两位仙女，
到林里另一个地方游逛，
他走到了大湖的西面，
观赏那里的美好风光。

想不到那里也有位仙女，
仙女的名字叫做婻西丽，
婻西丽也有美丽的容貌，
也住在一棵大榕树顶上。

此时婻西丽看见了巴罗，
被他的英俊美貌所吸引，
她不信人世间会有这样的美男子，
仿佛看到天上的帕雅因一样。

婻西丽不禁动了凡心，
一心想得到巴罗的爱，
她就离开自己的塔楼，
从大榕树顶上下来。

她走到巴罗面前对他说：
"奴尊敬的美貌哥哥呀，
哥莫非是天上的帕雅因，
化身下凡到人间？

"或是天界里的哪位天神，
故意来试探妹妹我？
请问哥是哪个家族的人？
不妨对妹妹我直言。"

巴罗听后却反问道：
"请问仙女妹妹呀，
你的名字叫什么？
你问我是何用意？"

婻西丽仙女答道:
"奴的好哥哥呀,
妹妹对你没恶意,
奴的名字叫婻西丽。"

巴罗接着说道:
"仙女妹妹呀,
哥哥可以回答你的问题,
我的母亲叫婻迪芭玛丽。

"她是帕那罗延那的女儿,
也是天上神仙的后裔,
所以哥哥也有神仙的血缘,
同人间男人不尽相同。

"哥哥生下来身上就有香气,
没有腥臭的污秽和汗渍,
因为哥哥只吃仙界食物,
所以才得名叫做巴罗。"

婻西丽仙女听了巴罗的话,
更加迷恋这位菩提萨尊者,
她就耍了一个小心眼,
故意对帕巴罗调情:

"这里的阳光实在很灿烂,
这里的色彩真的很漂亮,
这里的气味确实很芳香,
奴想坐在美貌的哥哥身旁。

"不知哥哥是否能答应,
何时奴才能和哥哥做伴?
请哥哥赶快过来挨着奴,
让奴好好地把哥哥看一看。"

巴罗听了婻西丽的话,
心里想了一想就对她说:
"婻西丽仙女啊,
你的话拨动了哥哥的心弦。

第三十二章

"但哥还想考问妹一个问题,
请妹妹回答《礼赞经》里所讲的三件事,
如果答得出哥哥就娶你为妻,
如果回答不上哥哥就不能娶你。"

婻西丽仙女随即答道:
"奴的好哥哥呀,
哥的问话有问题,
难为了不修行的妹妹。

"哥哥说要奴讲清楚,
《礼赞经》里所讲的三件事,
这样才肯娶奴做妻子,
否则就不能同妹在一起。

"如果奴想嫁给哥哥,
其实此事并不是问题,
只要奴去找师傅请教,
学习《礼赞经》一切都明了。

"请巴罗哥哥给奴一个机会,
奴一定不会辜负哥的期望,
等妹妹学会了《礼赞经》,
我俩就可以成为夫妻。"

巴罗听后笑着说:
"妹妹这样说很好,
既然你有这个决心,
那就赶快去学吧!"

接下来他俩继续聊天,
直到太阳下山的时候,
婻西丽仙女才告辞离去,
回到榕树上的塔楼。

巴罗为处理好两个妻子关系,
就让自己的替身去陪婻桑卡,
自己去陪婻玛娜维佳,
使两个妻子都得到满足。

两位仙女见巴罗回来，
搂住巴罗就上仙床，
他们心情欢畅尽兴交欢，
一直到天亮巴罗才离去。

天亮后巴罗回到僧房，
侍奉大伯帕农腊西洗漱，
然后又温习功课念佛经，
爱情和修行两不误。

婻西丽为了学习《礼赞经》，
弄懂《礼赞经》里的三件事，
她动身飞上天层里，
去找阿卡腊萨腊西。

她拜阿卡腊萨腊西为师，
毕恭毕敬认真学习，
求教《礼赞经》里所讲三件事，
阿卡腊萨腊西教她说：

"第一件事是要念诵，
就是我皈依佛，
还有我皈依法，
再就是我皈依僧。

"我现在说得很简单，
这三依就叫做皈依三宝，
只要能够行善积德虔诚学佛，
经常这样念诵就能产生法力。

"第二件事还是要念诵，
要念诵五戒：
我持守不杀生学规，
我持守不偷盗学规。

"我持守不淫欲学规，
我持守不诳语学规，
我持守不饮酒学规，
这就是必须持守的五戒。

"第三件事内容比较多,
就是要念诵礼敬三宝偈,
也就是礼敬佛和礼敬法,
还有一条就是要礼敬僧。

"礼敬佛的偈颂是:
'世尊即阿罗汉和正等正觉者①,
明行具足者②和善行和世间解③,
无上调御丈夫④和天人师及佛、世尊'。

"礼敬法的偈颂是:
'法是被世尊所善说的和自见的,
这就是无时的和来见的,
引导的和由智者各自证知的'。

"礼敬僧的偈颂是:
'善行道的是世尊声闻⑤僧众,
正直行道的是世尊声闻僧众,
真理行道的是世尊声闻僧众'。

"敬行道的是世尊声闻僧众,
也就是四双八辈,
这世尊的声闻僧众也有解说,
声闻僧众也就是:

"'值得供养和值得供奉,
值得布施和值得合掌,
就是世间天上福田',"
帕腊西这样教给婻西丽。

婻西丽仙女认真聆听,
她凭自己过人的智慧,

---

①正等正觉者:佛教术语,指比较完全的智慧、觉悟。②明行具足者:佛教术语,指智慧和实践都达到很圆满的境地。③世间解:佛的十个名号之一,因佛了解世间的一切情状,故称为世间解。④调御丈夫:佛教术语,指佛能调御一切可度之丈夫,使入修道也。⑤声闻:佛教术语,指通过听闻佛祖的声音而悟道。

记住了帕腊西所教的《礼赞经》,
最后向帕腊西敬献仙被和香物。

婻西丽仙女学懂了《礼赞经》,
十分高兴无比开心,
她急于想见到巴罗,
便告辞帕腊西返回自己的塔楼。

巴罗得知婻西丽仙女学成,
已回到她自己的塔楼,
他心里也无比欣慰,
急忙去见婻西丽仙女。

他到了婻西丽的住处,
站在大榕树下抬头望,
心里头已激动万分,
希望婻西丽能往下看。

婻西丽见巴罗来找她,
非常高兴,
婻西丽忙起身走下塔楼,
走过去坐在巴罗身旁。

她正要跟巴罗说话,
巴罗先开口问她:
"婻西丽仙女,
你学懂《礼赞经》了吗?"

婻西丽仙女回答道:
"遵从哥哥的要求,
奴已经完全学懂,
知道《礼赞经》里所讲的三件事。"

婻西丽立即发挥学到的知识,
把皈依三宝和持守五戒,
以及礼敬三宝讲给巴罗听,
她背得滚瓜烂熟一字不漏。

巴罗听了之后说：
"婻西丽仙女啊，
你所说的确实没错，
这就是《礼赞经》讲的三件事。"

婻西丽终于松了一口气，
接过巴罗的话说道：
"奴的巴罗哥哥呀！
该是你兑现诺言的时候了。

"你说如果奴懂得《礼赞经》，
知道经里所讲的三件事，
哥哥就做妹妹的丈夫，
妹妹就嫁给哥哥做妻子。

"现在奴已经知道了，
现在要哥哥履行诺言，
娶奴为妻，
我俩这就结为百年之好。"

巴罗无话可说，
只是在那里微笑，
其实他也很爱她，
只是故意考验她而已。

婻西丽已看出巴罗心态，
她激动万分伸开双臂：
"快来吧，
奴亲爱的丈夫！

"奴的主啊！
快来和奴盖一条仙被吧，
奴实在无法再等待，
巴不得马上就和哥上床。"

婻西丽说完扑了过去，
将巴罗紧紧搂进怀里，
他们微笑着深情对视，
互相享受浓浓的爱意。

巴罗动情地说：
"婻西丽仙女呀，
哥和妹的爱情经受了考验，
哥对妹的爱稳如须弥山。

"哥对妹的爱坚如磐石，
如同帕雅因天宫前的神柱，
让我们的爱永无止境，
长达九十万年吧！"

婻西丽也高兴地回答：
"奴亲爱的哥哥呀，
妹和哥的爱情经受了考验，
妹爱哥的心稳如须弥山。

"妹爱哥的心坚如磐石，
如同帕雅因天宫前的神柱，
让妹和哥哥的爱永无止境，
让我俩的爱长达九十万年吧！"

巴罗和婻西丽甜蜜微笑，
紧紧相拥着钻进被子里，
俩人在被子里说情话，
一直说到午夜还说不完。

俩人爱得死去活来，
在被子里不停交欢，
彼此都没有睡意，
情意绵绵直到天亮。

天亮后俩人一块起床，
婻西丽就跟随巴罗去到僧房，
用钵盂装上饭食侍奉帕农腊西，
当一个贤惠孝顺的侄儿媳。

其实巴罗娶婻西丽很大方，
他对两个妻子没有隐瞒，
两个妻子也支持他娶婻西丽，
三位仙女亲如姐妹。

她们一起打扫院子,
一起挑水和做饭,
一起操持家务事,
把院子打扫得一尘不染。

第二天帕农腊西起床,
见到僧房又多了位姑娘,
他不禁感到纳闷心里想,
又有仙女看上侄儿巴罗。

听了巴罗介绍,
果然不出所料,
侄子又娶了一位仙女,
她们都看上巴罗的英俊美貌。

巴罗成为三位仙女丈夫,
三位仙女成了巴罗妻子,
三位仙女一起打扫院子,
一起侍奉帕农腊西。

这三位妻子都是仙女,
都有美丽的容貌,
都很爱共同的丈夫,
都有相同的体香。

三位仙女都很有钱,
有相同的金塔楼和神祇,
她们的财富应有尽有,
无法用数字来衡量。

这都是因为她们前世积德,
所以今生才能成为神仙,
才会有仙府和美丽的容貌,
才能嫁给英俊的巴罗。

巴罗是帕那罗延那的外孙,
也是神仙之身同仙妻一样,
有神仙的美貌和芬芳的体香,
在一起时非常和谐没有异样。

当他微笑和说话的时候,
那样子实在是非常优雅,
三位仙女一见到巴罗,
就心生爱意无法分开。

巴罗与三位仙妻的爱情,
世间凡人无法效仿,
三位仙女非常相爱,
三位仙女品德高尚。

她们对巴罗的爱根深蒂固,
他们发誓白头偕老永不分离,
不像人间的三妻四妾,
经常争宠闹得不可开交。

巴罗每天夜里离开僧房,
去和三位仙妻谈情说爱,
到天亮的时候回到僧房,
侍奉伯父帕农腊西修炼。

每天三位仙女操持家务,
把仙食做好后装在钵盂里,
端去侍奉帕农腊西享用,
然后一起去打扫院子。

她们把饮用的水烧好,
全不用帕农腊西操劳,
她们每天做同样的事,
从来没有厌倦的情绪。

佛祖世尊又开始小结,
他讲故事条理非常清晰,
他担心听众会混淆情节,
就细心地对众比丘说:

"众比丘啊,
如来佛下凡转世,
成为帕那罗延那的外孙,
取名字叫做巴罗。

"他娶了三位美貌的仙妻,
英俊的巴罗非常中意,
他们一起住在雪山林里,
侍奉着伯父帕农腊西。"

第三十三章

慈悲为怀帕腊西
化解干戈为玉帛

လိၵ်ႈ ၃၃ ပၢင်ပုည်ႇပၢင်သိူဝ်ႇၸဝ်ႈၸၢင်သိၼ်
ႁဵတ်းခၢႆးသိူၵ်ႈၵၢၼ်ပျေႃႈသၢၼ်

听吧，各位忠实的听众，
哥现在要歌唱新的一章，
歌唱帕农在雪山林修炼的故事，
歌唱他用慈悲感化恶行的篇章。

他具备了止息杂念之德，
四无量心与日俱增，
得到了人世通的慧定之力，
进入了神圣道法的修行之中。

在龙宫里有个龙王，
它名叫沓达腊它，
妻子名叫婻韦玛拉，
夫妻俩经常观察人间。

它们见到的人有的恶贯满盈，
有的慈悲为怀非常善良，
特别是在雪山林修行的帕农，
他能持守五戒八戒令它们敬仰。

龙王细心观察帕农的言行，
觉得他是人类的骄傲，
龙王想拜帕农为师，
刻苦修行创造美好来世。

这仅仅是故事的引子，
还没有接触到要害问题，
请听哥从头细说，
这故事其实很精彩。

天有时刮风有时下雨，
人间有好人也有坏人，
当帕农在湖中愉快洗澡，
没想到阴暗角落里却躲着金翅鸟。

那只金翅鸟在暗自思忖，
为什么帕农王福气那么广？
龙王在水下龙宫里也能感知，
知道帕农王会在天上飞翔。

有道是苦海无边回头是岸，
龙王自己心里也有个愿望，
它想学帕农念经悟道成仙，
皈依佛门脱离苦难。

龙王选了个傣历四月的好日子，
浮出水面离开海洋，
它脱去龙衣摇身一变，
变成一个年轻人的模样。

它来到帕农住的僧房，
行合十礼拜见帕农帕腊西，
龙王和蔼地向他请安，
按照人类的礼节寒暄：

"尊敬的帕腊西大师，
最近大师可吉祥安康？
您清静地住在密林中，
是否有灾祸来相烦？

"您念经布道可顺当？
野生瓜果是否能充饥肠？
有没有动物和害虫来骚扰？
疾病会不会传染您？

"不祥之物肯定远远退避，
因为大师洪福广大，
我敬佩您的才学和毅力，
您是小弟学习的榜样。"

帕农听了龙王一席话,
觉得它很有礼貌非同一般,
礼尚往来是人之常情,
他于是坦诚地对龙王讲:

"尊贵的来客感谢您的问安,
您如此关心老衲真是好心肠,
至于布施说法方面的事情,
老衲在丛林中一切还算顺当。

"无忧无虑无牵无挂,
清静悟道不觉得心烦,
那些豺狼猛兽和害虫,
都远远离开我的身旁。

"酸甜可口的野生瓜果,
用来做食物可充饥肠,
还有大量的山中野菜,
这些对人体都很有营养。

"尊贵的客人到这密林中,
不知有什么事要老衲帮忙?
如果贵客有什么事要我做,
请您不用客气直说无妨。"

这时头戴红冠的龙王,
就把来意向帕农讲,
它的态度非常诚恳,
它自我介绍心胸坦荡:

"尊敬的出家佛门大师,
我是生活在大海里的龙王,
我的名字叫沓达腊它,
我对您的为人处世非常敬仰。

"我看到大师在这密林深处,
清清静静地修炼佛经,
刻苦学法精研佛道,
如今修成正果飞上云端。

"您从此脱离了人生苦海,
换来了一生无灾的幸福吉祥,
我从大师的悟道过程,
看到佛门大道充满阳光。

"我钦佩大师您的精神,
我喜爱大师的生活习惯,
从内心上只有一个佛道,
普济众生才能解脱苦难。

"我要怀着善良纯洁的心,
离开舒适壮观的龙宫殿堂,
放弃王位和妻子儿女们,
放弃国王至高无上的权威。

"放弃臣民和宫女的侍候,
断绝人生的一切悲欢,
为了未来美好的世界,
拜大师学经积德行善。

"我将从此皈依佛门,
请求大师收下我不要推让,
徒弟在此向大师施礼,
请大师教我戒律和三忌法章。

"我一定在大师教导下安心布道,
以实现大彻大悟修成正果愿望,
弟子再次向大师施礼,
请求收下我吧大师。"

帕农认真听龙王讲,
龙王想修道帕农觉得为难,
因为龙与人并非同类,
帕农为此觉得很难办:

"佛门有道经典很多,
不知怎样解脱尊敬的龙王,
怎么样才能达到三空之道,
前无先例费思量。

"您生活在水族龙国里,
这同生活在陆地的人不一样,
您原来的躯体像蟒蛇,
多少青蛙生灵在您嘴里丧生。

"吃过有生命的动物者,
要皈依佛门非常困难,
按照佛祖的规矩和要求,
您恐怕无法念经成仙。"

龙王听后心中很难过,
认为帕农不了解它的理想,
于是又再次向他施礼,
对自己的心意作申辩:

"我要学经念佛持守戒律,
彻底改掉杀生吃肉的坏习惯,
从今以后直到生命终结,
像您一样严格遵循佛门之道。"

帕农对龙王深表同情,
受到它虔诚之心的感染,
便答应收下它为徒弟,
教它念经吃素进入佛道门槛。

龙王从三经五律开始学,
以佛祖教诲作为行为规范,
循序渐进学习八戒,
龙王一丝不苟学而不倦。

在那密林丛中整整待了七天,
天天默念布道学习佛经文章,
龙王终于学懂三经五律精义,
学懂了为人处世最基本规范。

帕农还教它法术和本领,
作出了无私的奉献,
龙王学到了真正本事,
告别帕腊西离开森林。

龙王回到龙国故乡,
进入浩瀚无边海洋,
它叫来大臣和亲属,
向它们宣讲佛法。

"我讲授的这些戒律,
你们千万不可小看,
我要你们摆脱无边苦海,
共同进入极乐天堂。

"从今天起不得乱杀生,
包括湖中的青蛙和池蚌,
你们都不要捕杀来吃,
杀生到头来没有好下场。

"我要你们遵守佛祖戒律,
特别是三经不能忘,
五戒八戒要牢记在心里,
希望龙兄龙弟都弃恶从善。"

水族弟兄们经龙王一鼓动,
个个精神抖擞心花怒放,
它们纷纷向龙王跪拜施礼,
对它的忠告作出积极响应。

龙王于是率领大家离开龙宫,
离开一望无际的海洋,
它们登陆来到人间世界,
脱下龙衣变成人的模样。

它们穿上人的衣服来到雪山林,
穿过茂密的森林找到帕农腊西,
众水族兄弟向帕农腊西施礼,
履行了拜师学徒的礼节和仪式。

大家在龙王带领下学习佛经,
帕农把佛法向它们宣讲,
从第一天算起到第七天,
它们学懂佛经后又返回海洋。

此后每过七天帕农就来到龙宫,
继续向水族讲授佛经教义,
众龙用佛教理论规范行为,
天天布道念经从不间断。

五戒八戒规范了水族行为,
海底世界从此和睦安宁,
强者不再欺侮弱者,
大鱼不再吃小鱼。

然而世界并不太平,
有人使坏有人善良,
有只老金翅鸟叫帕雅胡,
它是个十恶不赦的坏蛋。

它每天在蓝天上飞翔,
每天都有生灵遭涂炭,
它为了填饱自己肚子,
不顾别人死活和悲伤。

有一天它飞到雪山林,
看到密林中有一座漂亮僧房,
旁边还有一个清澈的湖,
有一群龙睡在湖岸晒太阳。

这时天空布满黑暗的乌云,
老金翅鸟趁机俯冲到地面上,
它一把抓住龙王叼紧飞去,
众小龙见状吓得不敢动弹。

众龙急忙钻进水中,
纷纷逃进龙宫躲藏,
老金翅鸟抓到老龙王,
飞离湖边想回到它住的地方。

这只金翅鸟武艺高强,
非常狡诈和凶残,
但龙王也不是平庸之辈,
它的法术同金翅鸟一样高强。

龙王缠住金翅鸟的身子不放,
激烈的搏斗声震动雪山林,
龙王和金翅鸟互不示弱,
它们从天空中打到地面上。

金翅鸟落在一棵大芒果树上,
这棵树恰好就在僧房旁,
龙王灵机一动松开金翅鸟,
可惜龙尾却缠在树枝上。

龙王一下子无法摆脱芒果树,
被老金翅鸟叼住连树拔出,
龙王反过来紧紧缠住树冠,
金翅鸟把龙王和树叼进云端。

龙王用尾巴紧紧缠住大树枝,
任金翅鸟飞得多高也不放,
此时正好被巴罗看见,
他腾空而起追杀老金翅鸟。

帕农正好看到也飞过去,
叫金翅鸟放下树枝和龙王,
帕农对老金翅鸟讲明道理,
要它弃恶从善回头是岸:

"老金翅鸟啊老金翅鸟,
你的行为实在太凶残,
你须知恶有恶报的道理,
你要为你的后果着想。

"我在此不得不提醒你,
你抓了龙王是居心不良,
你还企图拔掉芒果树,
存心想断绝我的食粮。

"你必须把龙王和大树送还,
否则你肯定没有好下场,
两个轮回也洗不掉罪恶,
你作下的孽要由你偿还。"

老金翅鸟受到帕农斥责,
顿时吓出了一身冷汗,
它领会了帕农的意思,
立即松开树枝放了龙王。

它将芒果树送回,
把树种回原来的地方,
龙王向帕农施礼致谢,
感激他解救自己得以生还。

龙王施礼后回到龙国,
老金翅鸟飞走后又返回,
它瞪着巴罗仔细看,
奇怪他年纪轻轻当腊西。

它行跪合十礼拜见帕农,
先向他认错赔礼道歉,
表示悔过自新改正错误,
但对自己犯错还想争辩:

"尊敬的佛门大师啊,
请您原谅我刚才拔掉大树,
我本意是抓龙王无意拔大树,
无奈龙尾缠着芒果树不放。

"我拔大树并非本意,
这错误该由谁承担?
我想请教帕农大师,
请您对是非作出明断。"

帕农听了金翅鸟的话,
觉得这道理非常简单,
这分明是强盗逻辑,
他非常生气大声讲:

"你这个狡辩的老金翅鸟,
你是个罪大恶极的大坏蛋,
凡是天下有生命的你都吃,
连龙王这条佛道的龙也遭殃。

"龙王连水下的生灵也不吃,
它已经成为积德行善的典范,
它还是个看守芒果树的福龙,
你将它吃掉还有何道理可谈。

"你虽然种好树放了龙王,
但是你伤害生灵有罪,
这桩罪孽的责任在你身上,
事情非常简单。

"如果你死去以后还要负罪,
负罪的时间长达七千年,
七千年里要受油锅煎熬,
这个罪过全由你承担。"

老金翅鸟听后浑身发抖,
它害怕死后没好下场,
它跪地表示谢罪,
决心从今以后弃恶从善:

"尊敬的帕农大师啊,
您是我们学习的榜样,
我做错了一件事情,
请求大师给予原谅。

"我已知道自己的过错,
也知道要您饶恕很难,
我只请求死后不要下油锅,
给我一个改邪归正的机缘。"

帕农是位圣人,
为人处世十分宽容,
他见金翅鸟知错,
就给它指明方向:

"如果你想洗刷自己罪过,
避开扔进油锅的大难,
你要到我这里来忏悔罪恶,
严格遵行五戒八戒行为规范。

"你从此皈依佛门，
　从头开始积德行善，
　　这样你就有出路，
　你的前途就有希望。

"你还要重新栽好芒果树，
　让它同原来一模一样，
　要天天浇水直到复活，
　生长出绿叶不留创伤。

"你还要向龙王赔礼道歉，
　直至龙王对你原谅，
　这样你就能洗刷罪过，
　死后还可以升上天堂。"

老金翅鸟听了圣人忠告，
　心里头豁然开朗，
　它开始觉悟和清醒，
　从此天天赕佛默诵佛经。

老金翅鸟还按照帕农吩咐，
　重新栽下芒果树长回原样，
　又到龙国里去向龙王谢罪，
　请龙王对它的罪过给予原谅。

帕农接着又当和事老，
　把龙王和金翅鸟叫到身旁，
　　让它们握手言和，
　　从此消除前嫌。

他还答应龙王和金翅鸟住下，
　跟他念经重塑形象，
　一直到完全悟道成功，
　师徒仨才相互道别各回故乡。

老金翅鸟回到家之后，
　把佛法向众金翅鸟大力宣扬，
　它充当老师向众鸟讲道理，
　仿佛自己已是个地道帕腊西。

它以布道说法教育众金翅鸟,
要众金翅鸟从今以后弃恶从善,
它还向众金翅鸟宣布了规矩,
不许残杀生灵当食粮。

如果哪只金翅鸟不听劝阻,
继续捕食生灵动物,
在它生命完结的那一天,
轮回转世会被碎尸万段。

这就是因果报应的简单道理,
吃别人的肉自己的肉也被吃光,
今生做了残害生灵的坏事,
来世就会掉进滚烫的油汤。

老金翅鸟向众鸟发出忠告,
向众鸟指明生活的方向,
众金翅鸟感激老金翅鸟的指点,
都明白这一生该怎么办。

众金翅鸟遵守佛门规矩,
牢记佛教戒律,
从此不再滥杀无辜,
同其它动物和睦共处。

龙王回到了海洋龙国之后,
把处理老金翅鸟的事向众龙讲,
要众龙原谅老金翅鸟干的坏事,
相信老金翅鸟从此不会再来捣乱。

龙王和老金翅鸟都知恩图报,
感谢巴罗和帕农腊西,
它们带来许多珍贵礼品,
送给两位大师留作纪念。

龙王拿来龙宫的化缘钵,
还有龙国的宝葫芦,
龙王在赠送仪式上,
态度诚恳语气激昂:

"为了感激大师的救命之恩,
为了庆幸我能继续活在世上,
我拿出龙国最珍贵的礼物,
请两位大师笑纳别推让。

"在这世上谁也比不上两位恩师,
你们的恩情用海水也无法斗量,
我赠送的宝葫芦装着神圣之水,
你们食用九百万年也不会用光。

"那圣水是洁净的清泉,
它既可治病也能养颜,
它既能解渴也可消除疲劳,
让头脑清醒去掉心烦。

"另一件礼物是化缘钵,
在战场上用于对敌侦探,
将它抛上天空可作照明,
能将隐藏的敌人全部暴露。

"上次老金翅鸟若追杀到龙国,
它必定要把生命葬送,
它会活活被化缘钵撞死,
它进了龙宫必定无法生还。

"我要用这两样珍宝,
向大师报答救命之恩,
这两样神奇的宝物,
敬请大师好好珍藏。"

这时的老金翅鸟,
已经改邪归正弃恶从善,
它也知恩图报,
向两位大师赠送珍贵礼品。

它赠送的珍贵礼品,
是金翅鸟国的两件宝物:
一件是神鞋另一件是神弓,
两件宝物在人世间最稀罕。

红色的神弓射出的神箭,
能透过一切物体将天射穿,
它发出的声音惊天动地,
如同雷鸣电闪。

当神箭射出去之后,
晴朗的天空会大雨骤降,
每一滴雨点都会变成一把斧子,
会把敌人劈成两半。

神箭的威力无比神奇,
任何敌人也无法阻挡,
哪怕敌人也用箭反击,
只会发出叮当的巨响。

那响声震耳欲聋,
会令敌人心惊胆战,
响声过后一片宁静,
又会清除敌军的残兵败将。

这样的神箭威力无穷,
在战争紧急关头能用得上,
敌人再多也不在话下,
会使敌人尸体堆积如山。

飞行神鞋也大有用途,
穿上它可以驰骋沙场,
它会变成巨大的火海,
把所有敌人全部烧光。

任何高明的法术也无法扑灭大火,
任何聪明人也破不掉它的法术,
它还有压倒一切的力量,
穿上它可以踩平大石山。

如果敌人的城墙很牢固,
穿上它可以踩倒最坚实的城墙,
哪怕守城的敌人再强大,
遇到神鞋也会举手投降。

老金翅鸟向大师赠送完礼物，
再次谢恩后才离开僧房，
帕农把宝物留给巴罗，
要他带着宝物保卫傣乡。

第三十四章

巴罗艳遇金孔雀
迎娶美丽大公主

ပြဍ်ဤယာကိဏ္ဏန်
ဘဝါဟာပေဠ္ဌပေါ်မေ

听吧，尊敬的父老乡亲，
听吧，尊敬的朋友嘉宾，
现在我要吟唱的歌啊，
比前面更加委婉动听。

我要讲勐乌东板①国的故事，
这故事也来自古老的佛经，
它的年代究竟有多长，
现在的人谁都说不清。

话说在遥远的勐庄昊诸国，
在南赡部洲东北部与大地相连，
它属于天地之间的神仙国度，
受到天堂和人间双重福荫。

在那里有幸福快乐的仙居，
有金山银山还有花园美景，
这个神仙诸国遍布五大洲，
它没有地盘却有独特地形。

勐庄昊国不像人类之国，
那里的人能在天上步行，
他们既不缺吃也不缺穿，
有丰富的生活用品。

---

①勐乌东板：俗称"乌东板山峰"，雪山林的一峰，积雪洁白如银，是湿婆和财神的住处。

他们想要什么就有什么，
环境有点像美丽的天庭，
天国子民处于游离状态，
他们的数量算不清。

仙国的面积无比宽广，
国界线也有标明，
长宽大约有五百由旬，
边界派驻大量守军。

军人捍卫着国家的领土，
保卫着国民的安宁，
各国都有自己的军队，
力量大约有六百万傣兵。

勐庄昊国人民不用种田做生意，
那里的人不存在懒惰贪心，
人人都可以舒服过日子，
他们的房屋到处贴满黄金。

他们住的塔楼非常特殊，
经书上叫做金塔楼，
他们不用拉屎屙尿，
没有臭味到处很干净。

他们吃下的一切食物，
全被消化吸收干净，
在神仙国的环境里，
香味扑鼻非常怡情。

神仙夫妻做爱也非常特别，
不用肉体接触靠香味传情，
他们用香味传递彼此欲望，
妻子闻到丈夫香味就能怀孕。

据说仙人夫妻做爱比人类舒服，
究竟多舒服只有他们说得清，
仙女生下的孩子也很特别，
不用清水洗澡就干干净净。

孩子们都在香气里长大,
不论男女个个娇嫩英俊,
任何一个都没有缺陷,
个个肤色白嫩泛着红晕。

有个勐名叫乌东板,
隶属仙国的大家庭,
勐乌东板国王有一万六千个宫女,
专门服侍国王的吃住穿行。

勐乌东板位置比较高,
属于仙国的顶层边境,
它是一个银色的世界,
整个国家剔透晶莹。

仙人们在天上飞来飞去,
他们很有本事法术高明,
比韦扎团妖怪更厉害,
妖怪们只能俯首称臣。

勐乌东板国王很有艳福,
王后娘娘既漂亮又年轻,
王后有一万六千个宫女,
专门听她使唤服侍起居。

王后天天陪伴神王身边,
同床共枕形影不离,
她的双臂饱满嫩白,
说话轻声细语悦耳动听。

她生有七个女儿像七只金孔雀,
挺胸细腰走起路来体态轻盈,
她们飞行时又像七只金蝴蝶,
她们的嬉笑声像百灵鸟争鸣。

最受国王宠爱的是大公主,
她仿佛是天上最明亮的星星,
父王给她取名婻苏塔玛丽迦,
她天生一副贤妻良母相。

二女儿叫喃甘塔玛丽迦,
她身材窈窕亭亭玉立,
三公主叫喃苏婉纳玛丽迦,
这都是天仙的名称排行。

四公主叫喃苏答玛丽迦,
她能歌善舞歌声如银铃,
五公主叫喃尖达玛丽迦,
她性格活泼像一只百灵鸟。

六公主叫喃西丽玛丽迦,
她体态丰满姿色绝美,
七公主叫喃巴鲁芭玛丽迦,
她年纪最小却特别机灵。

七位公主有特殊造型,
她们都长有孔雀羽翎,
她们在地上轻盈走路,
上了蓝天能自由飞行。

人们称七位姑娘为孔雀公主,
她们的羽翼源于自己的母亲,
她们一出生就长有美丽翅膀,
这都是前世造化先天就注定。

她们都已长成大姑娘,
最小的也有十四岁,
七位公主总是形影不离,
姐妹之间有着深厚感情。

父王非常疼爱七位公主,
将她们当做掌上的明珠,
他为每位公主建一幢楼房,
楼房造型别致漂亮。

他还给每人配六千宫女,
让她们生活过得很惬意,
七姐妹住在舒适的楼房,
她们希望永远生活在一起。

有一天七姐妹在一块聊天，
　　说起雪山林的秀丽风景，
那里有一个美丽的金湖，
　　湖边鲜花盛开湖水如镜。

于是她们想到那里游玩，
　　观赏美景到湖里洗澡，
因为路途遥远林海茫茫，
　　所以一块去向父王请求。

父王母后同意她们的请求，
　　去领略人间风光，
但考虑到那里距天国较远，
　　一再叮咛担心她们的安全。

七姐妹得到父王允许，
　　心花怒放兴奋不已，
她们都进行精心打扮，
　　一个比一个漂亮娇艳。

她们穿上各自漂亮衣裳，
　　在天空上自由飞翔，
她们的飞翔姿势非常好看，
　　张开两翅就像雄鹰一样。

她们在天上慢悠悠飞行，
　　仿佛空中飘着七朵彩云，
七朵彩云慢慢降下来，
　　很快到了雪山林上空。

她们好奇地向下观看，
　　对异国美景尽情观赏，
她们看到帕农腊西的僧房，
　　还看到不远处的金湖。

看见湖里长满各种鲜花，
　　无数的莲花竞相开放，
各种莲花呈现不同颜色，
　　鲜花散发出淡淡的清香。

湖水清澈明亮，
如同绿宝石一样，
像一面巨大的明镜，
映出七姐妹娇美脸庞。

她们都想在湖里洗澡，
便降落在金湖边草地上，
草地碧绿柔软惹人爱，
站在那里心情欢畅。

她们首次看到人间美景，
深深被那湖光山色所吸引，
她们都忘记了身在何处，
像做梦般看傻了眼睛。

你看那绿叶桃红的莲花，
你看那金湖水光亮透明，
春风吹来阵阵花香，
她们忘记自己来自天庭。

她们纷纷脱去羽衣，
一个个露出白嫩的身体，
她们一齐跳进湖中洗澡，
在水中展示各自的风韵。

姐妹们在湖中嬉闹，
领略人世间的风情，
她们游泳戏水自由自在，
她们无比欢乐玩得尽兴。

她们忘记一切忧愁和烦恼，
她们也忘记了返回天庭，
她们尽情地在湖里玩耍，
没顾及周围有什么动静。

现在哥要继续唱巴罗，
他和仙女在一起享乐了七天，
第八天帕巴罗走进伯父僧房，
对侍奉着帕农腊西的仙女讲：

"神仙妹妹啊,
这些天你们侍候伯父蛮辛苦,
我看你们的事情也已经做完,
你们也该好好休息。

"三位妹妹呀我的宝贝心肝,
你们先回自己的塔楼去吧,
等太阳落山夜幕降临之后,
哥再到妹妹们的塔楼睡觉。"

巴罗送走三位仙女,
就独自到林子里游玩,
他要去林子里金湖边,
他有洗澡游泳的习惯。

他每天沐浴一次消除炎热,
他每天都到湖里游泳锻炼,
当他走到金湖边的时候,
才发现七个美女正玩得欢。

他不敢去打扰七姐妹,
躲在林木间看个究竟,
他看到她们洁白的肌肤,
禁不住深深受到吸引。

七姐妹在湖里戏水玩耍,
好像七朵盛开的金莲花,
她们那朗朗的嬉笑声啊,
像在湖面上滚动的银铃声。

她们的身姿是那样惹人喜爱,
嬉笑声仿佛在呼唤巴罗快下来,
巴罗如醉如痴情不自禁,
他想跳进湖里与姑娘们玩耍。

巴罗被孔雀公主深深吸引,
巴罗全神贯注目不转睛,
姑娘们天真可爱,
巴罗为之忘情。

他又发现湖边上的羽衣,
上面缀着不少孔雀羽翎,
在阳光照射下闪闪烁烁,
仿佛一堆堆耀眼的珠宝。

巴罗在心里暗自思忖,
他想去搭话又怕她们受惊,
更何况她们全都光着身子,
这样做有失礼貌肯定不行。

要是让她们穿上羽衣,
又怕她们飞走看不到踪影,
他想先把她们的羽衣扣下,
然后再把心事向她们讲明。

可是这样做未免太霸道,
帕巴罗为此伤透了脑筋,
他一筹莫展只好望着她们洗澡,
他全神贯注睁大着眼睛。

不知不觉太阳已经偏西,
大公主急忙提醒妹妹们,
她说该是回去的时候,
免得让父王母后担心。

六个妹妹听了大姐的话,
都游到岸边去穿各自衣裙,
巴罗看到姑娘们白嫩的身体,
心里像闯进兔子跳个不停。

此时的巴罗很着急,
抓起最靠近的一件羽衣,
他不好意思看她们光着身子,
随即转过身把身隐。

姑娘们拿起羽衣尾巴,
套在身上就准备飞行,
可是大姐却找不见羽衣,
急得她在草地上直打转。

大姐找不到羽衣急得要哭，
　　巴罗这时现出身来，
他的突然出现吓着七姐妹，
　　七姐妹顿时乱成一团。

　　孔雀公主们惊慌失色，
以为大祸临头回不到天庭，
当她们准备向他求饶的时候，
才发现这个青年长得很英俊。

　　小伙子身体健壮举止大方，
这样的年轻人天上也难寻，
姑娘们的恐惧感开始消除，
她们转忧为喜脸上露出红晕。

　　特别是大姐婻苏塔玛丽迦，
她已穿好衣服只差孔雀羽翎，
　　她活脱脱像一只金孔雀，
　　丰满的胸部起伏不停。

　　她的衣裙薄如蝉翼，
　　洁白肌肤依稀可见，
　　她的腰身细如蜜蜂，
　　体态娇美没有缺点。

　　她因着急满脸通红，
如同盛开的凤凰花一样，
　　她因爱慕巴罗而羞怯，
　　此时的大姐更加好看。

　　她们被巴罗的英俊迷住，
巴罗被大姐的姿色吸引，
姐妹们都瞪着巴罗发呆，
巴罗也忘记了自己的处境。

　　七姐妹不再有恐惧的心理，
都向巴罗投去爱慕的眼神，
她们都在心里暗暗思忖，
要能嫁给他为妻该有多开心！

她们抹去脸上的泪珠,
忘记要飞回天庭,
巴罗也已情不自禁,
想留住她们把心事表明。

巴罗看到她们不再惊慌,
他满脸笑容还带着歉意,
将羽衣递还婻苏塔玛丽迦,
轻声细语地对她们说明:

"哥哥我来寻找妹妹们,
哥哥不会对你们有伤害,
哥哥是生在世间的人类,
哥哥是个有良知的男子汉。

"哥哥不是来这里行凶作恶,
哥哥喜欢妹妹们,
哥哥刚才拿了羽衣,
是担心妹妹们跑掉。

"哥哥生怕得不到妹妹们,
才会做出如此莽撞的事情,
哥哥让妹妹们受到了惊吓,
请妹妹们原谅哥哥的鲁莽。"

巴罗说话温柔动听,
如同寻偶的金孔雀在啼鸣,
巴罗举止文雅,
如同菩提树那样温和宽厚。

孔雀公主们听到他温和的声音,
看到他英俊的容貌,
就像帕雅因下凡人间,
顿时完全放心。

巴罗的言谈打动姑娘心,
不像坏人会伤害她们,
姑娘们不再有恐惧感,
都对他流露出爱慕神情。

她们被巴罗的容貌迷住,
被巴罗的声音拨动心弦,
她们都各自在心里盘算,
他的出现唤醒姑娘春心!

巴罗走到七位仙女的身旁,
大姐婻苏塔玛丽迦已激情荡漾,
她非常喜欢眼前的巴罗,
便用眼神向菩提萨尊者传情。

巴罗也看着婻苏塔玛丽迦,
两个人互相对望如醉如痴,
好一会巴罗才回过神来,
巴罗这才向姐妹们问道:

"金花般的姑娘们啊,
你们为何如此光彩夺目?
你们究竟来自何方?
哥哥已经被你们迷住。

"请你们别忙于离去,
请你们听我细细讲述,
我不是有意为难你们,
我想把心里话向你们倾诉。

"可能你们对哥哥有误解,
其实我不是坏人或色魔,
看你们洗澡纯属偶然,
让你们受到惊吓都是因为爱慕。

"因为着迷所以哥哥没离去,
想等你们上来把心情表明,
我不想勉强你们能嫁给我,
缘分这东西是前世就注定。

"哥哥对你们的爱像攀树的野藤,
你们如果不愿意也不必难为情,
不过哥哥想问你们是哪家的姑娘?
家住何处为什么来到这大森林?

"莫非你们已有意中人,
相约来这里会面定情,
因错过时间无法相见,
只好在这里洗澡消遣?"

婻苏塔玛丽迦大姐开始答话,
慢慢将身子向巴罗移近,
她双手合十向巴罗行礼,
彬彬有礼不像普通百姓:

"年轻英俊的小阿哥,
看样子你出生在高贵家庭,
请你原谅小女不懂礼貌,
不要把妹妹来责难。

"我们姐妹只是来这里洗澡,
并非来这里幽会谈情说爱,
我们是天国上的孔雀公主,
我们住在天国勐乌东板宫廷。

"不知道哥哥是何方人氏?
不知是哪位国王的族亲?
莫非哥哥是巡视大地的天神?
顺便来观赏这里的湖山美景?

"阿哥啊,请你告诉我们,
请将你的身份说给我们听,
我们姐妹们第一次出远门,
说错的地方请哥哥别记在心。"

巴罗听了姑娘的话,
知道她们全是善良女性,
巴罗更加喜欢她们,
把自己的身世向她们说明:

"哥哥从未见过七位小妹妹,
哥哥突然出现令你们吃惊,
请你们原谅我的唐突无礼,
我对你们全无恶意请放心。

"哥哥不是天上的神仙,
并非巡视大地拯救万民,
也不是龙王变成人样,
来湖边愚弄百姓。

"我更不是吃人的魔鬼,
横行霸道毫无人性,
哥哥是个平常普通人,
是吃人间烟火的平民。

"哥哥的故乡叫勐邦果,
帕雅丙比桑是我的父亲,
哥哥的名字叫巴罗,
能见到你们是我的荣幸。

"今天幸运遇上七位公主,
你们个个长得美丽迷人,
像一棵棵刚出土的金笋,
能见到你们我如魂游天庭。"

婻苏塔玛丽迦是大姐姐,
她向巴罗介绍妹妹姓名,
从自己介绍到最小妹妹,
又从父王讲到自己的母亲。

她说母亲名叫婻尖答迪维,
是勐乌东板天国的公主,
那里的一百零一个仙国,
都属于他们管辖。

巴罗对姑娘们更加倾情,
把目光盯住大公主眼睛,
他想娶大公主为妻子,
便用温柔的语气探实情:

"亲爱的勐乌东板姑娘,
哥哥对你们一见钟情,
想向你们求爱可能高攀,
却像鹦鹉求爱那样真诚。

"要是哥哥有福分的话,
请你们任何一个嫁给我都行,
跟着我到人世间去生活,
如能答应我将感激不尽。"

出乎巴罗之意料,
七个姑娘都吐露真情,
她们都喜欢巴罗,
个个都想当他的妻子。

大姐代表六个妹妹讲话,
她的声音充满激情,
她的语气情真意切,
就像甘泉向心田涌进:

"水晶石般的俊哥哥啊,
你的形象是那样英俊,
如果我们七姐妹都有福气,
全嫁给你一个人都心甘情愿。

"就怕我们没福分高攀不起,
只怕哥哥只是逗我们高兴,
我们都愿意跟随哥哥同甘共苦,
跟随哥哥走遍天涯永远不变心。"

巴罗听后非常激动,
心中顿时充满希望,
他觉得时机已经成熟,
随即向她们倾诉感情:

"你们七个都是亲姐妹,
你们的爱我十分欢迎,
哥哥对你们衷心感谢,
能娶你们为妻是祖宗福荫。

"可是阿哥只能娶你们中的一个,
娶你们七姐妹太不近人情,
这也不符合佛家伦理道德,
我要遵守戒律积德讲良心。

"如果你们哪位最爱我，
　　就请出来向我表爱心，
　　不管哪一位我都喜欢，
　　你们个个都令我倾情。"

七姐妹听到菩提萨尊者求婚，
每个都羞答答微笑着不说话，
　微笑不说话意味着默许，
　这是傣家习俗代代相传。

可是此时同往常不一样，
巴罗面对的是七位姑娘，
他的心激动得无法平静，
　他只好开口把话说：

　　"亲爱的妹妹啊，
　　你们个个都是好姑娘，
　　阿哥我只能按规矩办，
　　违反规矩不是好姻缘。

　　"要是你们不是亲姐妹，
　　个个都可成为王子妃，
　哥哥可以全部娶你们为妻，
　　你们也都会舒心满意。

"我们傣家有个古老的规矩，
亲姐妹不能同一个男人成亲，
为此阿哥只能娶你们的大姐，
请六个妹妹不要生气别伤心。

"宝石般娇嫩的婻苏塔玛丽迦，
　刚才我拿到的是你的羽衣，
　说明你和我前世就有姻缘，
　你就嫁给我做王子妃好吗？

　　"如果大公主答应就这么定，
　　希望你们能体谅我的心情，
　　你们六个妹妹只能叫我姐夫，
　　我只好把你们送回天堂。"

其实巴罗最爱也是大姐,
他俩眉来眼去早已传情,
大姐也长得最美最聪明,
巴罗恰好就扣下她的羽衣。

缘分本来就是天注定,
前世有缘今生结成双,
或许前世他俩是夫妻,
今世结婚是理所当然。

婻苏塔玛丽迦听了巴罗的话,
像吃进蜜糖从口甜到心,
自己能够成为巴罗妻子,
在七姐妹中她最幸运:

"我六个心肝宝贝的妹妹,
姻缘本来就是前世注定,
姐姐就要跟哥哥去了,
请你们把此事讲给父王听。"

姐姐要妹妹们向父王多说好话,
不要因为她私自订婚而操心,
妹妹羡慕姐姐找到好丈夫,
也很体谅大姐此刻的心情:

"亲爱的大姐啊,
嫁给巴罗是你的荣幸,
巴罗哥哥很爱大姐,
我们都为你感到高兴。

"要是不按姐夫说的规矩,
我们都嫁给他亲上加亲,
可是做人不能只顾自己,
当姐夫的姨妹也同样幸运。

"现在我们向你俩祝福,
祝你俩白头偕老永不分离,
大姐从此到人间生活,
每年同姐夫一块回家团聚。

"我们回到天国之后,
会向父王母后禀报实情,
希望父王母后能理解你们,
成全你俩的美满婚姻。"

巴罗向六个妹妹保证,
爱惜她们的大姐如自己眼睛,
请她们回去后转告岳父岳母,
让两位老人家尽可放心。

姐妹们分别时依依不舍,
离别的话语讲个没完没了,
直到太阳落下山坳之后,
六个妹妹才不得不飞回天庭。

六个妹妹回到勐乌东板,
一起跪在父王母后跟前,
把大姐与巴罗的婚事,
从头到尾讲给父母亲听。

父王母后听了女儿禀报,
激动得热泪流个不停,
他们认为这是一件大好事,
天上人间本来就是一家亲。

其实巴罗名气很大,
在勐乌东板已家喻户晓,
他有不少英勇的传说,
动人故事早已深入人心。

他娶了勐乌东板国大公主,
这是勐乌东板国的最大荣幸,
一时间神仙诸国到处传扬,
父王听后更加脸上添光。

他们在王宫里摆着神台,
为自己的女儿做祈祷,
祝女儿的婚姻幸福美满,
祝她的生活胜过天堂。

巴罗携同婻苏塔玛丽迦,
一道回到他居住的密林里,
他俩一块拜见了伯父帕农,
介绍娶第四个妻子的经历。

伯父帕农听后频频点头,
说前世的姻缘今世补偿,
还说娶四个老婆不算多,
缘分的事情要顺其自然。

巴罗又叫来前三个妻子,
把婻苏塔玛丽迦的情况讲给她们听,
希望她们支持丈夫娶第四个老婆,
希望她们能理解他的心情。

前三个妻子都通情达理,
对婻苏塔玛丽迦体贴关心,
四个妻子分坐丈夫两边,
就像亲姐妹一样亲近。

四位仙女服侍着丈夫,
夫妻五个和睦恩爱,
巴罗没有喜新厌旧,
四个妻子他一样喜欢。

天亮后他们一道起床,
一块打扫僧房共同做饭,
五个人细心服侍帕农,
让伯父过得更加舒畅。

新婚日子过得甜蜜,
夫妻五人相敬如宾,
巴罗考虑到四人名分,
要给四位妻子排个座次:

"亲爱的四位仙妻啊,
你们四人得分个先后才行,
婻玛娜维佳是我的原配,
按先来后到排行第一。

"婻桑卡就是我的妃子,
　　她的排行是第二,
　还有婻西丽也是王妃,
　　她的排行是第三。

"婻苏塔玛丽迦也是王妃,
　排行第四都是我的爱妻,
不管将来是王后还是王妃,
　我会一样对待一样亲近。

"希望你们和睦相处,
　希望你们相爱相亲,
　你们不要互相怄气,
五戒八戒要牢记在心。"

婻玛娜维佳帮婻桑卡打扮,
婻西丽帮苏塔玛丽迦梳妆,
夫妻五人一道飞上蓝天,
一块降落在大榕树顶上。

他们住进榕树上的塔楼里,
那里下连地面上接天堂,
他们过的是神仙的日子,
又能享受人间的儿女情长。

　　他们早出晚归,
　　白天到僧房修行,
　　帮助帕农料理家务,
　　跟着仙师拜佛念经。

　　四位仙女确有洪福,
她们与人间女子有不同风韵,
她们一天中的气色会有变化,
　　白里透红早晚翻新。

任何女人也比不上她们美丽,
　她们还有一双迷人的眼睛,
　她们像四颗绿色的宝石,
身上散发出的香味无比清新。

她们非常喜欢帕巴罗,
四人经常望着他目不转睛,
她们天天守在巴罗的身旁,
她们爱巴罗胜过自己性命。

佛祖世尊的这段故事已讲完,
他又对众比丘和释迦族说:
"众比丘啊!
这一段故事到此讲完。

"巴罗得到孔雀姑娘,
就把她带到自己的住房,
让婻苏塔玛丽迦坐在仙垫子上,
然后让她们享用仙界饭菜。

"他还叫来前三位妻子,
按照先来后到给她们排行定名分,
四位妻子和睦相处相敬如宾,
夫妻五人如同生活在人间天堂。"

第三十五章 自古美女爱英雄 神仙美女大团聚

听吧,各位姐妹,
上章讲巴罗叫来四位仙女,
拿出丝绸坐垫给她们坐,
还摆上仙食招待她们。

他们在一块享用仙食,
边吃边说情话,
相互吐露真情,
仿佛印证了前世姻缘。

帕巴罗对四位仙女说:
"哥心爱的四位妹妹啊,
哥爱你们的心如须弥山,
爱情坚不可摧牢不可破。

"哥对你们的爱情很坚定,
如同天宫门前的神柱一样,
哥对妹妹们的爱啊,
达到九百万年长!"

四位妻子微笑着对巴罗说:
"奴的帕巴罗哥哥呀,
我们对哥的爱也像须弥山,
爱情坚不可摧牢不可破。

"我们对哥的爱情也很坚定,
如天宫门前的神柱一样,
我们四姐妹对哥的爱呀,
也达到九百万年长。"

巴罗和四位妻子情话绵绵,
不知不觉太阳已悄悄下山,
皎洁的月亮升上了天空,
把柔柔的银光洒进楼房。

巴罗的四位仙女妻子,
美丽的容貌没有谁能比,
巴罗和妻子们山盟海誓,
再次要求她们相爱不分离:

"各位妹妹呀,
你们已是哥的妻子,
三位森林仙女和一位孔雀公主,
哥已是四个妻子的丈夫。

"既然大家都是神仙,
就应该像神仙的模样,
神仙从不争吵打闹,
这一点你们务必记心间。

"哥在这里陪伯父修行,
学懂了很多佛教的道理,
你们应该持守五戒八戒,
做个行善积德的好姑娘。"

婻玛娜维佳立即起身,
恭敬地跪拜在巴罗脚下,
双手合十高举头顶,
无比激动地回应说:

"哥说得非常有道理,
我完全赞同一定照办,
我要同三位姐姐友好,
凡事都要互相谦让。"

巴罗又接着说:
"哥心爱的四位妹妹呀,
哥给你们作了先后排名,
希望你们也要牢记不忘。

"婻玛娜维佳仙女是第一个,
　　她将来排在第一位,
　　你们三位将来是王妃,
　　这个是事实不可改变。

"接下来是婻桑卡,
　　她排行第二,
　　再下来是婻西丽,
　　她是第三王妃娘娘。

"再接下来就是第四王妃,
　　是婻苏塔玛丽迦,
　　等哥哥将来登基之后,
　　这个顺序就不再改变。

"排行总得有先后,
　　希望你们要互相体谅,
　　彼此都是心甘情愿,
　　大小名分全都一样。"

四位妻子都是神仙女,
　　都有同样美丽的容貌,
　　她们不高不矮不胖不瘦,
　　有同样苗条秀美的身材。

仙女们的皮肤都会变颜色,
　　一天早中晚三种颜色不一样,
　　早晨到中午是白黄两种,
　　下午到黄昏变为红白色。

而到了夜晚和黎明又有变化,
　　她们的肤色变成白绿色,
　　这可能同森林气候有关系,
　　也同光线的强弱密切相关。

她们的体形非常匀称,
　　圆润的脖颈分为三段,
　　她们的头发乌黑发亮,
　　颜色像金甲虫的翅膀一样。

她们的头发很长,
高高盘起的发髻垂在脑后方,
从额头直到与耳垂平齐,
文雅秀气特别好看。

她们都有黑黑的眉毛,
如同弯弯的新月,
特别雅致又大方,
好像画上去一样。

她们挺立的乳房非常饱满,
把薄如蝉翼的衣裙撑得很高,
挺胸细腰搭配得恰到好处,
就像用金模浇铸出来一样。

她们的嘴唇闭拢时很紧密,
只露出一条平平的细线,
脸颊红润得像熟透的榕树果,
仿佛手指一摁就会流血一样。

她们讲话的时候也很好看,
嘴唇的开合很均匀,
她们笑起来的时候呀,
嘴唇微张不会露出牙龈。

黑亮的牙齿①紧密而整齐,
像无患子黑色的籽一样,
在远处看牙齿很黑,
走近看却是黑而发亮。

她们身上都有芬芳的体香,
不会像人一样有腥臭汗味,
因为她们吃的是仙界食物,
所以不会有腥臭味的残渣。

---

①黑亮的牙齿:古时傣族习俗,牙齿以黑为美。

为什么巴罗如此逗人爱,
为什么美女都为他倾情,
因为巴罗是菩提萨尊者,
全身芳香其实也是神仙。

他吃的也是仙界的食物,
没有腥臭的大便和小便,
　他神通广大法力高强,
力量大过十六万头大象。

　　巴罗英俊美貌,
　　说话委婉温柔,
　具有五美之人的魅力,
因此仙女都为他痴狂。

太阳已经悄悄地落下山,
仙女们用金盘端来仙食,
　她们侍候着巴罗用膳,
巴罗叫众仙女一起分享:

　"哥心爱的妹妹们啊,
咱们有难同担有福同享,
　如果你们真爱哥的话,
那就来同哥一起吃饭!"

　她们和巴罗一起用膳,
夫妻五人吃得非常香甜,
吃过仙食仙女们又起身,
拿仙壶装水给巴罗洗漱。

洗漱后她们又端来仙槟榔,
　给巴罗嚼着保护牙床,
嚼过槟榔后他们一起玩,
五个人谈笑嬉戏很欢畅。

　巴罗和仙女们在一起,
非常幸福没有半点忧伤,
五个人在一起吃喝玩乐,
　　仿佛生活在天堂。

楠苏塔玛丽迦没有自己的塔楼，
巴罗就让她陪伴自己身边，
另外三位妻子仍住各自塔楼，
他与四位妻子轮流同床共枕。

四位仙妻都完全理解，
巴罗是她们共同的丈夫，
不管谁都不能占为己有，
她们都表示会互相谦让：

"好的，就听哥哥安排，
你轮流陪伴我们，
这是理所当然，
我们互相体谅不会吃醋。"

之后三位树仙便离开，
巴罗到楠玛娜维佳仙府，
整整陪她玩了一天，
楠玛娜维佳感到非常满足。

巴罗又到楠桑卡那里，
陪她谈情说爱，
两人尽情交欢，
享尽了仙界儿女情长。

接下来巴罗去陪楠西丽，
也与她尽情交欢，
直到第二天黎明才离开，
回到楠苏塔玛丽迦身边。

巴罗对四位妻子一样倾情，
妻子们都感受到巴罗同样的爱，
她们都认为是前世姻缘，
一切都是先天注定。

巴罗不管同哪位妻子过夜，
同样英姿焕发不会疲惫，
他同每位妻子说笑玩耍，
然后才甜甜地进入梦乡。

天亮后巴罗赶紧起来,
和往常一样回到僧房,
侍奉腊西大伯洗漱,
然后做功课修炼佛经。

四位妻子都同时赶来僧房,
一起侍奉伯父帕农腊西,
一起端着仙食去给腊西吃,
她们又一起去打扫院子。

帕农腊西见到四位仙女,
一起打扫院子配合默契,
他心里感到非常满意,
有侄媳相伴生活更有趣。

这四位仙女都很美丽,
她们的姿色天下无比,
她们都迷恋英俊的巴罗,
才会同侄子结为夫妻。

第三十六章
自古姻缘天注定
神仙帮忙解难题

现在我的故事又要开场,
我接着讲的是巴罗返乡,
巴罗带着他的妻子们,
离开修行的雪山林。

话说巴罗的伯父帕农腊西,
他虽皈依佛门却把亲人挂心上,
他记挂王后和自己的六个王子,
记挂他的同胞弟弟勐邦果国王。

他带着侄儿离家已两年,
担心弟弟和弟媳心不安,
还有两个宝贝侄儿侄女,
骨肉情深始终割舍不断。

帕农经过反复掂量,
他把心事向巴罗讲,
他是巴罗的大伯,
讲话的语气充满情感:

"眼珠般的宝贝侄儿啊,
你跟随大伯来到雪山林,
你离家至今已有两年整,
一定惦记你的母后父王。

"想念你的弟弟妹妹,
怀念你久别了的家乡,
大伯想让你现在回去,
不知你心里会怎么想?

"如果今后你想大伯的话,
你还可以再回来雪山林,
小住一段时间,
同大伯共诉衷肠。

"你知道大伯非常喜欢你,
舍不得你离开我的身旁,
但家里王位要你去继承,
你是勐邦果未来的国王。

"你已掌握了治理国家的本事,
你一定会成为有威望的国王,
你此次回去大伯放心,
你回去可以施展才干。"

巴罗听完了大伯的话,
心底里喜忧参半,
忧的是舍不得离开大伯,
喜的是想尽快见到爹娘:

"尊敬的大伯啊,
您一人住在雪山林,
修行日子非常艰苦,
侄儿走后生活谁管?

"侄儿不忍心丢下您一个人,
留在深山老林里苦度时光,
可是又想起父母记挂孩儿,
他们都在盼望我早日回到故乡。

"这事真叫侄儿左右为难,
是去是留真不知怎么办?
感谢大伯对侄儿的关心,
大伯对侄儿恩重如山。"

伯侄俩经过反复商量,
最后按照帕农的意思办,
巴罗深深向大伯鞠躬,
然后把返乡意思去向妻子们讲。

巴罗回到金塔楼,
走进温馨的楼房,
见到心爱的妻子们,
心里难受像猫抓一样:

"我的爱妻们啊,
哥想带你们返故乡,
回到宽广的国土,
去见我们的爹娘。

"我要回去继承王位,
把国家的权力接管,
以后你们就是王妃,
有成千上万的宫女听使唤。

"我们的国家无比宽广,
我们还管辖很多地盘,
他们全是我国的臣民,
我国的臣民数也数不完。"

婻玛娜维佳听后,
喜悦堆在脸上,
她赞成夫君返回故土,
她拥护夫君回去当国王。

她双手合十向夫君致意,
又把自己想法向其他王妃讲,
其他王妃听了以后,
都赞成跟丈夫回家乡。

她们要协助丈夫料理国事,
把国家治理得繁荣富强,
她们来自神仙天国,
应当尽责当好王妃娘娘。

四个人一阵惊喜过后,
不料婻桑卡却感到为难,
她微笑着向夫君作揖,
轻声细语把心事讲:

"夫君啊请你千万别抛弃我,
我这辈子跟随您已铁了心肠,
我只是舍不得离开这里,
丢下我塔楼上的仙界财产。"

玛娜维佳和西丽也都醒悟,
两位仙女都着急地讲:
"奴的帕巴罗哥哥啊,
我们确实无法离开这个地方。

"我们很想陪伴哥哥还乡,
但我们生来就是树仙,
我们的仙寿是三千仙岁,
这个年限还有很长很长。

"这是人间的五千四百万岁,
这也是我们的福果福运,
福运让我们具有美丽容貌,
福运让我们能住在金塔楼上。

"在这里享受仙界的财富,
有数不尽的金银和宝藏,
让我们有福遇见巴罗哥,
还成为哥哥的王妃娘娘。

"但也正因为这个福果福运,
使我们不能离开这地方,
我们要等过了五千四百万岁,
这个岁月说起来还很漫长。

"等到我们寿终正寝之后,
才可以离开这里转世下凡,
否则我们的仙寿将被中断,
我们的寿命和财富将会消亡。

"如果巴罗哥哥有法术,
能把我们的金塔楼和仙物搬走,
一起搬到勐邦果王城去安放,
我们就能陪伴在哥哥身旁。

"要是没有人能够搬走它,
我们虽已成为哥哥爱妻,
也无法和哥哥返乡,
只能留在这里守空房。

"如果我们见不到哥哥,
不能看到哥哥的英俊容貌,
那我们一定会抑郁而死,
您说这种事情该怎么办?

"哥哥呀,我们的心肝,
我们只能请求哥哥答应,
哥哥回到勐邦果七天后,
就回来陪伴我们七天吧!"

巴罗听后这样回答说:
"哥心爱的仙女妹妹呀,
你们说的话哥一定答应,
哥不可能丢下爱妻不管!

"如果哥哥见不到你们,
哥哥我也一样会抑郁而死,
哥哥绝不会把你们忘记,
也绝不会把你们抛弃!"

三位仙妻已哭成泪人,
如同生离死别一样悲伤,
她们已经别无选择,
又接着对巴罗讲:

"我们身为神仙女子,
一切行动不能自作主张,
如果没有天王的恩准,
这些珍贵财富要搬走很难。

"为此妹妹宁可留在这里,
独自一人守住这栋空房,
请夫君每隔七天回来一次,
好同妹妹一块团聚。

"您在我们这里住七天之后,
再回去跟孔雀公主团圆,
这样做双方都能得到照顾,
还可保住仙寿和丰厚财产。

"如果哥哥无法这样做,
我们恐怕只能从此诀别,
如果哥哥不能来看我们,
说不定我们会把命葬送。"

巴罗静听三位仙妻诉说,
他已领会仙妻心里所想,
他仰首向天神虔诚祈祷,
祈求天神之王出手相帮。

他不能留下三位仙妻,
在这里孤苦伶仃无人管,
此时帕雅因的宝座,
突然变得灼热和僵硬。

帕雅因朝人间俯视,
知道巴罗遇到困难,
他得到四位美丽妻子,
要把她们都带回家乡。

为帮助菩提萨尊者,
帕雅因叫来三尊男神,
让三尊男神牵着神马,
还要捧着仙剑和仙鞋。

同时要另外三十尊男神,
一起前往帮助巴罗,
帕雅因起身离开忉利天,
他要亲自到雪山林察看。

他用慈祥的眼神观望大千世界,
不一会看到了茫茫的雪山林,
他看到了巴罗和四个仙妻,
他萌生出爱怜的心肠。

巴罗的祈求感动帕雅因,
为了成全他的美满姻缘,
也为了巴罗的神圣使命,
帕雅因已知道该怎么办。

帕那罗延那也得到消息,
知道爱孙巴罗遇到麻烦,
想带妻子们回到勐邦果,
继任国王施展才干。

帕那罗延那随即带着四尊梵天神,
一尊神带着装有八十亿两金子的箱子,
一尊神带着装有八十亿两银子的箱子,
一尊神带着装有八十亿两各种珠宝的箱子。

另一尊神带着装满衣物的箱子,
从梵天界下凡来到雪山林,
跟在帕雅因后面出发,
去为巴罗解难送行。

帕雅因还传旨手下群臣,
并召来天堂的主管,
他要神官维苏嘎玛,
带上人马三十万。

同时带上大批礼品,
其中有神鞋十双,
还有宝剑和战刀,
到人世间的雪山林。

去帮助年轻的巴罗,
供他日后派上用场,
帕雅因还告诉主管神官,
巴罗原是天神转世下凡。

他是天神帕那罗延那的外孙,
有意安排他到人间去治国安邦,
神官对巴罗要百般爱护,
以确保他履行使命事事通畅。

神官明了帕雅因旨意,
知道到人间该怎么办,
他们紧张忙碌做准备,
神官中又增加三名主管。

被委派的神官经过准备,
一切礼品都筹集妥当,
他们立即飞到人世间,
降落到榕树顶上的金塔楼上。

巴罗得知这一消息后,
带着仙妻迎接天神造访,
他摆好了银蜡条和金蜡条,
放在傣家人的竹篾桌子上。

其实他们原来都是一家人,
如今却分成为人间和天上,
没等巴罗出门迎接,
众神官已走进了楼房。

自家人见面格外亲切,
塔楼里顿时笑声朗朗,
巴罗走到客人面前,
向他们祝福请安。

四大天神来到了人间,
所带的礼物都不简单,
有一位带着白银八十亿两,
有一位带着黄金八十亿两。

有一位带着珍珠宝石,
其价值同样是八十亿两,
另一位神官带着衣物,
其数量也同前三位一样。

神王帕雅因还亲自下凡,
他先一步停落在榕树上,
帕那罗延那王稍后才到,
其他众神尾随他们后方。

巴罗得知消息,
帕雅因和外公来到雪山林,
他高兴得欣喜若狂,
忙将爱妻们叫到跟前:

"四位妹妹啊,
你们大家看看,
我的外公帕那罗延那,
还有帕雅因都来了!

"我们得马上去迎接,
千万不可延误时间,
要热情款待众神仙,
让他们对人间留下好印象。"

他说完带着四位妻子前去迎接,
巴罗在仙席上铺好了蒲团,
把帕那罗延那和帕雅因请进房舍,
让他们坐在松软的蒲团上。

帕那罗延那拥抱外孙巴罗,
不停地亲吻着巴罗的前额,
帕雅因将神马仙鞋和仙剑,
还有萨哈萨它麻神弓送给巴罗。

巴罗坐到自己的位置上,
四位仙女妻子坐在丈夫的两旁,
巴罗示意四位仙妻一块起身,
向帕那罗延那和帕雅因叩拜请安。

此时帕农腊西得知众仙下凡,
披上袈裟离开自己的僧房,
前来与帕那罗延那相见,
同时向天神帕雅因请安。

众神分坐在金塔房四周,
整个塔楼里一时间熙熙攘攘,
热情好客的四位仙妻,
招待天国来客左右奔忙。

她们端来了神仙爱吃的食物,
先敬献帕雅因和帕那罗延那王,
然后又走到每个神仙的跟前,
以主妇的身份敬献槟榔。

众神仙把带来的礼品献上,
几乎把金塔楼堆满,
巴罗用双手把礼品一一接下,
每接一样都合十道谢。

帕那罗延那赠送的是大批神马,
还有一份写得密密麻麻的清单,
记录着珍奇珠宝和武器数字,
这些东西都装在特制的大木箱里。

当天神们移交完礼品之后,
帕农也将礼品送上,
他也带来了大批珍贵的礼品,
要侄儿巴罗带回家乡。

接完礼物后巴罗坐在席位上,
与众神仙聊家常,
四位仙妻坐在他的左右,
神仙们看后交口称赞。

巴罗向帕雅因禀报,
谈论人间社会的沧桑,
他谈到了人间的战争与和平,
谈到无法回避的自然灾难。

帕农腊西也说:
"尊敬的帕雅因王啊,
我原来在家乡做国王,
在百姓臣民面前无限风光。

"臣民蜂拥前来跪拜,
无灾无祸幸福平安,
所有的强盗都不敢来抢掠,
但我已看破红尘厌烦人间。

"一心想行僧人之道,
　潜心修行四无量心,
　修行三十七菩提分法,
　远离灾祸和邪恶。

"我为此才放弃君王财富,
　离开亲人到这里出家修行,
　每天寻找野果薯类,
　自食其力养活自己。

"侄子巴罗跟我来这里,
　他每天侍奉我忙里忙外,
　如今已经有两年的时间,
　出家修行时间也不算短。

"他在这里有缘娶妻,
　得到孔雀公主,
　得到三位树仙,
　他的婚姻大事很圆满。

"巴罗离家的时间太长,
　他父亲丙比桑一定很挂念,
　母亲婻迪芭玛丽也想儿子,
　我弟弟和弟媳已望眼欲穿。

"因此我考虑再三,
　要让巴罗回到勐邦果,
　回去同父王母后团聚,
　还要接替王位坐金床。"

帕雅因管理凡界芸芸众生,
帕农向他讲述自己修行情况,
还谈了他对人世的看法体会,
以及自己为何抛家弃子成为帕腊西。

谈到自己放弃权力到雪山林,
　来到远离人群的深山修行,
　过着清苦的日子,
亲身体验生活的酸甜苦辣。

吃得苦中苦方为人上人，
做人应该念经拜佛积德行善，
做了苦行僧才能悟道入仙境，
苦尽甘来是人生因果关系。

接着他又谈到巴罗，
称赞他是年轻人的榜样，
他出家修炼孝敬大伯，
自觉持守五戒八戒。

帕那罗延那听后称赞说：
"你当伯父的做得很好，
你出家行僧人之道，
已跨进涅槃之道的门槛。

"至于说到巴罗外孙，
确实该回勐邦果去，
他不该长期同你在一起，
国家重任等他回去担当。"

帕那罗延那接着向四位孙媳说：
"你们四位是我外孙的妻子，
你们要辅助我外孙治理天下，
共同创造美好的人间天堂。"

这时年轻美丽的婻玛娜维佳，
向帕那罗延那行合十礼，
她进一步加深对丈夫的了解，
庆幸自己当上王妃：

"尊敬的天神大王啊，
想不到丈夫身世如此不简单，
他既是大王帕那罗延那外孙，
又是天上的神仙转世下凡。

"我有福气当上王子的妻子，
也是因为前世积德行善，
我会深深爱着巴罗，
永远跟随在他的身旁。

"我要与他同甘共苦,
任何困难不会把情分割断,
尊贵的天神大王啊,
请理解奴对夫君的热心肠。

"但是我有一个心愿,
请天神大王能帮忙,
我本来是一个仙女,
生活在这里已经三千年。

"我赖以生存的食物,
都是神仙食品非同一般,
尽是神奇的珍贵仙果,
还有人间吃不到的仙膳。

"我积存的珍奇宝物,
价值达黄金一百亿两,
这些全是自然生成的宝物,
包括金塔楼这一祖传遗产。

"我请求将这些宝物,
一齐带到我要去的地方,
去造福勐邦果的人民,
贡献给我夫君的家乡。

"如果天神大王不相助的话,
我不会跟随夫君前往,
因为这些财富和我的仙寿有关,
请天神大王能够体谅。

"再退一步来说,
如果不能带走塔楼,
我只能留在这里,
一人孤苦伶仃独守空房。

"只好请夫君隔七天一次,
回来与妻子团聚,
如果七天不回来一次,
我就会胡思乱想。

"我会过度思念,
也许还会精神错乱,
因为我不能没有他在我身边,
夫妻情谊无法用黄金衡量。"

帕那罗延那静听仙女诉说,
孙媳妇的话打动他的心,
可是这塔楼建在榕树上,
要把它搬走难上加难。

帕那罗延那只好去问帕雅因,
陈述小仙女的深切期盼,
问他能否搬动塔楼改变仙寿,
助她实现移居勐邦果的心愿。

帕雅因听帕那罗延那询问,
回答说事情不是太难办,
叫帕那罗延那不要为此担心,
事情一定可以圆满解决。

他说姑娘真舍不得塔楼,
对丈夫又是一往情深,
决心跟随丈夫一起生活,
作为长辈的应把美事成全。

塔楼只有一百庹高,
高度和重量都不怎么样,
天上有四位大力神仙,
最善于搬动这类楼房。

即使塔楼里有万件宝物,
要一起搬动也不困难,
请帕那罗延那长老放心,
可以大胆答应姑娘们的请求。

帕雅因同帕那罗延那的对话,
感动了一旁的婻玛娜维佳姑娘,
听说搬移塔楼那么容易,
她的顾虑全部烟消云散。

可以跟随丈夫一道回乡,
她高兴得脸上容光焕发,
她双手合十高高举起,
千恩万谢帕雅因天王。

婻桑卡和婻西丽也提出请求,
神王帕雅因都一并答应,
三位仙女的问题已解决,
她们为此欣喜若狂。

第三十七章

帕巴罗迎接亲人
两亲家欢聚一堂

ဥသာပရိုဒ္ဓ
傣族英雄史诗
乌莎巴罗

ပႃႇပႃႉရော်ႀကႃပၢၼ်ꧥꧥလꧤႂ်ႇၸၢၵ်ႈꩡူႇၶႃ
၂ꩡꩤမ်ꧣꩡꧤႂ်ႇဘုံမတူႈꧣꧤ်ꩡ

听吧,哥现在要继续歌唱,
歌唱众神之王帕雅因,
为使巴罗和孔雀公主婚事圆满,
不遗余力继续操心。

他派韦术甘麻天神出动,
专门前往勐乌东板,
把消息告诉帕雅乌东板,
让他前来成全女儿婚事。

帕雅因对韦术甘麻天神说:
"韦术甘麻天神啊,
你去告诉帕雅乌东板,
要他火速赶到雪山林。

"你就说他的女儿出来玩,
到雪山林里已有三个月,
大女儿已同巴罗成亲,
所以无法回去见母后父王。

"她的丈夫并非平庸之辈,
他是帕那罗延那的外孙,
两人儿女情长割不断,
希望他能成全美满姻缘。

"巴罗英俊美貌一表人才,
而且神通广大法力高强,
大女儿对巴罗产生爱慕之情,
自做主张和他结为了夫妻。

第三十七章

"如今巴罗准备带她回家乡,
回去拜见她的公公和婆婆,
而后再回来拜见岳父岳母,
这样做合乎人情。

"帕雅因和帕那罗延那已经见到他们,
知道婻苏塔玛丽迦和巴罗非常相爱,
觉得他们的爱情真诚纯洁,
准许他们在雪山林里结为夫妻。

"现在受帕雅因和帕那罗延那委派,
来把这个消息告诉帕雅乌东板大王,
如果大王想见到自己的大女儿,
那就一起来人间雪山林吧!"

韦术甘麻天神接到旨令,
毕恭毕敬地对帕雅因说:
"好的,奴遵命!"
立即动身前往勐乌东板。

韦术甘麻天神去到勐乌东板,
直接进入帕雅乌东板的王宫,
帕雅乌东板见韦术甘麻来到,
让宫女把坐垫铺在宝座上。

他请韦术甘麻天神入座,
端来仙水壶和仙槟榔盘,
恭请韦术甘麻天神享用,
并与韦术甘麻天神热情攀谈。

帕雅乌东板说:
"奴尊敬的主,
不知近来有无痛苦?
生活过得是否安康?

"韦术甘麻天神啊,
不知奴的主因何事而来?
有什么需要奴效劳的地方?
请奴的主告知来意。"

韦术甘麻天神不慌不忙,
把来意告诉帕雅乌东板:
　"帕雅乌东板呀,
　奴此次受帕雅因委派前来。

"你的嫡苏塔玛丽迦公主,
到雪山林里游玩已三月整,
遇见跟随伯父修行的巴罗,
　彼此产生了恋情。

"这位巴罗十分英俊,
长得就像帕雅因一样,
而且神通广大法力高超,
　当今世上没人比得上。

"他是帕那罗延那外孙,
　是帕雅丙比桑的儿子,
母亲名叫嫡迪芭玛丽,
　既是王族也是神仙后裔。

"巴罗和你大女儿见面,
彼此一见钟情相互爱恋,
他们已经结为恩爱夫妻,
之前他还有三位树仙老婆。

"所以巴罗就有四个妻子,
帕雅因和帕那罗延那非常赞赏,
认为五人结合一起是好夫妻,
　将要带着她们回到勐邦果。

"要为她们举行灌顶洗礼仪式,
　让她们去做巴罗的爱妻,
因此帕雅因派奴来到这里,
将消息告诉帕雅乌东板您。

"帕雅因请帕雅和王后,
跟奴前去和大女儿见面,
一块参加他们的灌顶仪式,
　成全他们的美满姻缘。"

帕雅乌东板听到这个消息,
心情激动又喜忧参半,
他们希望女儿带女婿回来,
盼了三个月却听到这样的话。

帕雅乌东板急忙派人去后宫,
把王后嫡尖答迪维叫来,
王后听到后火烧火燎跑来,
帕雅乌东板便告诉王后说:

"嫡尖答迪维王后啊,
我们的嫡苏塔玛丽迦,
同英俊的巴罗结为夫妻,
如今要去过凡人的生活。

"据说小伙子像帕雅因一样,
而且武艺高强天下无双,
所以咱大女儿非常爱他,
已经同他圆房成为夫妻。

"巴罗是帕那罗延那的外孙,
是帕丙比桑和嫡迪芭玛丽的儿子,
他既是王族后代也是神仙后裔,
如今生米已经煮成了熟饭。

"巴罗一生下来就是仙人,
他的身上就有芬芳的体香,
像神仙一样没有腥臭粪便,
我们的女儿同他无法分开。

"帕雅因对他寄予厚望,
帕那罗延那也想让他当国王,
要把女儿带回到勐邦果去,
在那里举行灌顶加冕仪式。

"让她们成为巴罗的王妃,
所以就派韦术甘麻天神前来,
让我们到雪山林里去见面,
你说我们该怎样做才好呀!"

嫡尖答迪维王后回答说：
"奴的大王，奴的主啊，
女儿终身大事应由你做主，
你说怎么办就怎么办。

"奴不可能跟大王同去，
大王您就自己去吧，
大王去到那里以后，
就会知道女儿的情况。

"如果女儿心甘情愿，
我们只能顺其自然，
如果公主被迫成亲，
一切事情不能商量。

"如果女儿被人强行抢去，
大王你就千万不要退让，
一定要向神王据理力争，
把我们的女儿要回来吧！

"如果女儿真喜欢巴罗，
就让他们带去勐邦果，
要知道强扭的瓜不会甜，
拆散美满姻缘也不道德。

"如果大女儿真正喜欢巴罗，
巴罗也和她真心相爱，
那我们就不能阻拦，
因为姻缘都是前世安排。

"我们的七个女儿当中，
嫡苏塔玛丽迦最聪明伶俐，
只有英俊杰出的男青年，
她才会喜欢。

"她让巴罗做自己的丈夫，
做父母的要尊重她的选择，
大女儿已经完成终身大事，
这也是当父母的一大安慰。

"大王啊,奴的夫君,
巴罗或许是天神后裔,
他生下来就那么英俊,
身上还有芬芳的体香。

"他又是帕那罗延那的外孙,
他神通广大法力高强,
连三位树仙都喜欢他,
都选他做丈夫。

"更何况帕雅因神王,
专程下凡去探望,
还把天界的各种神物,
带去送给那位巴罗。

"也正因为这样,
众神之王帕雅因,
才派男天神来传信,
这些足以说明问题。

"大王也该带上金银珠宝,
装饰品和手镯衣物,
带上三百名得力侍卫,
风风光光到雪山林去。

"大王到了雪山林里后,
一定要见到我们的女儿,
向女儿问明真实情况,
然后你再作最后决断。

"如果帕雅因神王赞许,
我们还应该高兴才是,
因为女儿终于成了家,
完成了人生的一件大事。

"然后你就带她前往,
到勐邦果灌顶加冕,
婚礼举行完之后,
还应该到娘家回访。

"您要请求把姑爷巴罗,
　　　一起带回勐乌东板,
　　还要带上我们的大女儿,
　　让我们为他们灌顶加冕。

　　"把金银珠宝和手镯玉坠,
　　　送给我们的宝贝女儿,
　　然后再把她送到勐邦果,
　　这才是大王该做的事情。

　　"奴将留在王宫做好迎接准备,
　　等着大王您带姑爷女儿归来,
　　把女儿的婚事办得轰轰烈烈,
　　　办得非常光彩。"

　　　婻尖答迪维这样吩咐,
　　　帕雅乌东板只是听着,
　　　对王后的话不置可否,
　　　　因为他心中无底。

　　帕雅乌东板有两个王子,
　　　大王子名叫术盘答,
　　　二王子名叫细提萨,
　　他俩是七位公主的兄长。

　　婻尖答迪维让术盘答随行,
　　随同父王到雪山林跑一趟,
　　让细提萨留下和自己在一起,
　　等着父亲带妹妹和她丈夫回来。

　　　大臣们备好仙界的礼品,
　　帕雅乌东板和儿子准备起程,
　　他们带着粮食财物和金银珠宝,
　　　还有衣物饰品和手镯玉坠。

　　　帕雅乌东板走出宫门,
　　　跃上高空迅速飞行而去,
　　英俊美貌的术盘答骑上神马,
　　　跟在韦术甘麻天神后面。

从勐乌东板到雪山林路途很远,
常人步行要走十二个月,
但以帕雅乌东板天神的速度,
只需要一个时辰就能到达。

韦术甘麻天神在前引路,
帕雅乌东板紧跟其后,
他们经过一个时辰飞行,
已经到了雪山林上空。

韦术甘麻天神指着巴罗住处,
让帕雅乌东板知道位置,
然后韦术甘麻天神就离去,
让帕雅乌东板自己前往。

因为韦术甘麻天神还有事情,
他还要前往勐达腊迦,
去向帕亨达国王报信,
这也是帕雅因的安排。

韦术甘麻天神继续飞行,
来到勐达腊迦王城,
进入帕亨达的王宫里,
传达帕雅因的旨意。

帕亨达见韦术甘麻天神来到,
感到意外但显得非常客气,
把坐垫铺在自己的宝座上,
恭请韦术甘麻天神入席。

帕亨达接着问道:
"您这位没有痛苦的天神啊,
什么风把您吹到敝国,
您为了何事来到这里?"

韦术甘麻天神告诉帕亨达:
"请听吧,帕亨达国王啊,
巴罗陪伴他的帕农伯父,
到雪山林里修行已经两年。

"这两年巴罗努力修炼，
　　　他功成名就很不简单，
　　　对伯父服侍得很周到，
使伯父成为有名的帕腊西。

　　"巴罗在雪山林里游玩，
　　　神仙美女都为他痴狂，
　　　他为此得到四位妻子，
那是一位孔雀公主和三位树仙。

　　"帕农腊西行僧人之道，
　　　已脱离世俗情感的羁绊，
　　　帕农腊西进入清静道中，
为此帕农才叫侄子返乡。

　　"帕雅因对巴罗很赞赏，
　　　带领众神仙从天而降，
　　　他们来到了雪山林，
帮助巴罗解决难题。

　　"帕雅因派来天神们，
　　　还有大量金银珠宝，
　　　以及不少的神奇宝物，
与巴罗一起返回勐邦果。

　　"因此才派奴到勐乌东板，
　　　先去告知帕雅乌东板，
　　　他是巴罗的老丈人，
要他到雪山林把女儿看望。

　　"然后本神又马不停蹄，
　　　掉转头到了你们这边，
　　　把巴罗回乡的喜讯转达，
告诉勐邦果的所有国王。

　　"请大王和所有的国王，
　　　去迎接巴罗归来，
　　　为四位孙媳灌顶加冕，
隆重举行婚礼庆典。"

帕亨达听后激动万分，
即刻派人通知六位儿子，
要他们立即准备好行装，
去迎接巴罗回勐邦果。

帕亨达的六个儿子接到书信，
急急忙忙做出发准备，
他们准备了旅途用的食物，
还准备了送给巴罗的礼品。

他们遵照父王的意思立即出发，
用最快的速度赶到雪山林里去，
去迎接他们的侄儿和侄儿媳，
为他们的王族光宗耀祖。

帕亨达则和孙儿昆代一起，
穿上仙鞋飞到勐邦果，
把消息告诉丙比桑，
动员全国臣民做好大庆准备。

该通知的人已经通知完毕，
婻西丽芭都玛更是欣喜若狂，
她恨不得马上见到巴罗大哥，
她更想见到四位神仙大嫂。

她和父亲丙比桑一起，
急忙穿上仙鞋跃上高空，
随着韦术甘麻天神飞向雪山林，
去见分别两年的大哥巴罗。

听吧，各位乡亲，
听吧，美丽的姑娘，
现在我要叙述帕雅乌东板，
讲述他进入雪山林后的情况。

帕雅乌东板和术盘答急速飞行，
如闪电般很快到了雪山林，
孔雀公主见到父王和哥哥，
既万分高兴又忐忑不安。

巴罗也跟着去看望岳父,
他举止落落大方,
向岳父和兄长鞠躬,
然后对私自成婚表示道歉。

孔雀公主按照常规,
一同上前向父王问候:
"亲爱的父亲和哥哥啊,
你们路途上辛苦了。

"可能你们思念女儿,
才会千里迢迢前来探望,
是否有病痛纠缠父亲?
勐乌东板是否一切平安?"

帕雅乌东板回答女儿说:
"父亲无病无灾,
身体一直安康,
确实惦记你才远道而来。

"惦记女儿在森林里的生活,
惦记你的肚子能否填饱,
能否找到野果和薯类充饥,
能否经受得住艰苦的生活。"

女儿回答说:
"父亲啊,
孩儿无病也无灾,
生活过得很愉快。"

帕雅乌东板和儿子注视巴罗,
看到这个菩提萨尊者的英俊容貌,
风度翩翩完美得如同帕雅因,
这才消除心头担忧喜上眉梢。

帕雅乌东板对大女儿说:
"父亲心爱的女儿呀,
你遇上英俊美貌的巴罗,
他确实无与伦比为父也喜欢。

"这是你们前世修来的福气,
但是一些问题我还得弄清楚,
你是否真心和巴罗相爱,
或许还有其他难言之隐?

"如果女儿与巴罗无缘,
父亲将把你带回勐乌东板,
如果有缘分就可以留下,
弄清楚为父才心安。

"姻缘之事前世注定,
父亲对此也无话可讲,
女儿呀你要仔细想清楚,
如果日后懊悔为时已晚。"

身为六位妹妹的大姐姐,
婻苏塔玛丽迦立即跪拜,
她认为父亲的问话没有错,
便理直气壮地回答父王:

"奴的父王啊,
自从奴离开了勐乌东板,
到雪山林湖泊里游泳,
女儿的命运就全改变。

"我们遇见了巴罗哥哥,
我们七姐妹被迷得神魂颠倒,
我们都爱上了巴罗哥哥,
但巴罗哥说只能娶我一个。

"巴罗哥哥确实很爱我,
女儿我对他也爱得无法分开,
这或许是前世结下的姻缘,
女儿只能遵从姻缘的安排。"

帕雅乌东板听后就说:
"父王心爱的孩子啊,
你与巴罗已结为夫妻,
生米煮成熟饭要改也难。

"现在啊为父也没意见,
只能同意你们的意愿,
今后两国之间将搭上金桥,
希望你们相亲相爱白头偕老。

"此事说到底并非偶然,
你们偏偏那天到金湖洗澡,
又偏偏在那里遇到巴罗,
若不是前世注定就不会这样。

"因为你们有天大福运,
所以才能够在那里相遇,
又一见钟情难舍难分,
最后结成了恩爱夫妻。

"你们即将离开这里,
到遥远的异国他乡,
巴罗即将是继位君王,
你也即将成为王妃娘娘。

"父王祝愿宝贝爱女,
从今往后吉祥幸福,
祝愿你健康长寿,
寿命长达九百万年。"

帕雅乌东板说后搂紧女儿,
亲切地反复吻她的额头,
看到帕雅乌东板这样表态,
在一旁的巴罗这才心安。

他领着帕雅乌东板和术盘答,
来到自己住的塔楼里,
巴罗亲自铺上坐垫,
放在两位王尊坐的地方。

他恭请岳父和兄长入座,
然后翁婿和妻舅继续攀谈,
他们谈到雪山林的生活,
还谈到回去后如何治国安邦。

谈话结束之后,
帕雅乌东板带儿子去拜见神王,
向帕雅因和帕那罗延那叩拜,
恭恭敬敬叩拜后方才入座。

帕那罗延那对他说道:
"帕雅乌东板兄弟呀,
我的外孙巴罗是个俊杰,
同兄弟你的大女儿真心相爱。

"既然他们都非常相爱,
做长辈的只能顺其自然,
不但不该阻止他们相爱,
还要鼓励他们白头偕老。

"大家应该把他们带到勐邦果,
为他们举行灌顶洗礼加冕才对,
让勐乌东板和勐邦果结百年之好,
成为同一天花板下的一个勐吧!"

帕雅乌东板听后说:
"奴的帕那罗延那,
奴的主啊,
您说的话都很有道理。

"就把他们带到勐邦果去,
为他们举行灌顶洗礼加冕吧,
勐乌东板和勐邦果应该结盟友好,
成为同一块天花板下的一个勐。"

正当他们在那里交谈的时候,
勐邦果的亲人也都先后到达,
走在前面的是帕亨达王爷,
帕雅丙比桑紧跟父亲后面。

再后面是纳林答和昆代,
还有嫡西丽芭都玛和帕罗,
甘达来和念达辛,
索利瓦和加拉韦扎。

阿皮伦等亲人也同时到达,
全都来到了雪山林里相聚,
往日寂静的雪山林热闹起来,
到处都是人山人海笑声朗朗。

巴罗急忙带着四位妻子,
去向爷爷父王等亲人叩拜,
帕亨达搂着孙子亲吻他的前额,
爷孙俩久别重逢激动万分。

丙比桑更是兴高采烈,
怜爱地抚摸着儿子的后背,
纳林答也抚摸着侄子后背,
亲情的暖流流遍了全身。

巴罗的堂哥们也挤过来,
不停地抚摸着堂弟的后背,
昆代和婻西丽芭都玛急不可耐,
忙向自己的哥哥巴罗叩拜。

巴罗这个菩提萨尊者,
见到弟弟妹妹更是欣喜若狂,
他伸出自己柔软的手掌,
抚摸着弟弟和妹妹的后背。

巴罗和他的四位妻子,
带着爷爷父王和堂兄们,
到自己住的塔楼里去,
久别的亲人在一起畅谈。

巴罗替长者铺蒲团,
最先铺的是爷爷帕亨达的,
接下来铺的是四位王者的,
请他们坐在松软的蒲团上。

帕那罗延那对帕亨达说:
"帕亨达弟弟啊,
巴罗外孙来到雪山林里,
得到了四位美丽的仙妻。

"四位妻子都非常可爱,
这样的孙媳妇我喜欢,
她们都是神仙的后裔,
一位孔雀公主和三位树仙。

"现在巴罗已结婚,
可以让他回到勐邦果去,
别继续留在雪山林受苦,
我们大家就带他们回去吧。"

帕亨达和丙比桑等四位王者,
向帕雅因和帕那罗延那叩拜之后,
帕农的六个儿子才去向父亲叩拜,
大家都按照辈分先后行礼拜见。

六个儿子是帕罗和甘达来,
念达辛和索利瓦,
加拉韦扎和阿皮伦,
他们将四事①布施给他们的父亲。

帕农抚摸着儿子们的后背,
不无关切地对他们训导:
"听着,父亲心爱的儿子们,
父亲是行僧人之道来到这里。

"虽然经受了不少艰辛困苦,
也经受了寂寞和饥饿的磨炼,
如今已经到达幸福的境界,
你们六兄弟就为父亲高兴吧!"

帕农说罢,
腾身而起盘腿坐在半空中,
给儿子们显示他的神通,
然后降下来又教导他们:

———

①四事:佛教用语,指衣服、饮食、卧具、汤药四事。

"听着,心爱的儿子们,
你们全都已经做了国王,
要坚定地持守五戒八戒,
千万别让它中断。

"莫要杀生害命,
莫要偷盗别人的东西,
莫要说谎话骗人,
莫要喝迷药一样的酒。

"还有莫要奸淫他人妻子,
这五戒都一定要牢记,
你们千万不可以违犯,
否则就等于白当国王。

"如果不犯这些罪孽,
才可以叫做持戒,
死后方能转生到天国里,
并能到达涅槃的境界。

"如果做了杀生之事,
就犯了五种罪孽的头项,
那么死后就将坠入地狱,
这个绝对不用怀疑。"

帕农教育自己的六个儿子,
六个儿子都毕恭毕敬聆听,
他们听完父亲的训诫,
一起跪下叩拜感谢父亲。

第三十八章

众王尊聚集仙府
帕昆代喜得仙妻

听吧，众乡亲，
我要接着为你们歌唱，
继续歌唱巴罗返乡前的情况，
那是一段感人肺腑的篇章。

上章说到帕农腊西训诫儿子，
儿子受启迪懂得怎样做人，
帕农达到目的后不再唠叨，
便准备向父亲禀报别后情况。

帕农腊西的父亲帕亨达，
帕农的弟弟丙比桑，
帕农腊西的侄子昆代，
还有侄女婻西丽芭都玛。

四个人都关心帕农修行情况，
担心他在雪山林受苦受难，
四人进入帕农腊西的僧房，
同帕农腊西亲切交谈。

丙比桑是弟弟，
先问帕农腊西道：
"奴尊敬的帕腊西哥哥啊，
不知您两年多来生活可好？

"您在这里有没有什么困难，
野兽和病痛是否来纠缠？
您是否亲自上山去找野果，
或是有其他食物当食粮？

"林子里的蚊虫很多,
会不会飞来叮咬?
那些蛇蝎会不会来侵扰,
那些虎狼会不会来侵害?"

帕农腊西回答说:
"尊贵的亲人们,
这里没有任何病痛来纠缠,
也没有任何野兽来侵害。

"我每天去找野果和山薯,
吃这些食物身体很棒,
这里的野果和山薯很多,
找起来没有什么困难。

"找到的野果和山薯足够吃,
找一天的食物好几天还吃不完,
蚊虫也从不来叮咬,
林中的野兽都成为好伙伴。

"我在这里修行一切都好,
我已修得了神圣的道法,
不会留恋过去的帝王生活,
现在感到更加幸福和舒畅。

"奴尊敬的父王啊,
您是家族的主,
奴请求您持守五戒和八戒,
这样对自己和后代都有好影响。

"如果做了那些罪孽的事,
死后就没有好下场,
会坠入地狱,
经受四恶道①的折磨。"

---

①四恶道:佛教用语,指地狱、饿鬼、畜生、修罗。

帕农腊西的父亲帕亨达,
以及弟弟都表示愿意接受,
认为帕农的话是慈悲为怀,
这五条我们都可以做到。

以上这些是上章的回顾,
同现在要讲的没有相关,
因为下面要转话题,
讲述巴罗妻子引出的篇章。

话说巴罗的四位仙妻,
见到巴罗的弟弟和妹妹,
大家都很惊奇,
兄妹三人都有极美的相貌。

他们不但长相好看,
而且长得很相像,
尤其是巴罗和昆代,
简直分不出哪个是兄长。

他们都有神仙一样的身材,
说起话来声音大小均匀,
都和巴罗一样动听,
而且身上都散发出芳香。

四位妻子心里都在纳闷,
怎么会有两个巴罗丈夫?
到底哪一个才是巴罗?
今后在一块会不会认错?

对于巴罗妻子的疑惑,
巴罗的父亲只是微笑,
分清兄弟俩对他并不难,
对爷爷帕亨达更是小事一桩。

为了让四位仙女消除疑惑,
帕亨达爷爷为大家做示范,
他先亲了亲巴罗,
对大家说这个是大孙子。

他接着又亲了亲昆代,
又对大家说这个是二孙子,
两兄弟被爷爷亲后都点头,
说明爷爷没把他们混淆。

听吧,鲜花一样的妹妹,
现在哥要转入正题,
叙说雪山林另外两位树仙,
她们同这个故事有关系。

这两位树仙一位叫婻帕腊妮,
还有一位叫婻瓦伦妮,
她们也住在榕树顶上的塔楼,
同巴罗的三位仙妻是朋友。

三位仙妻即将离开森林,
仙人的生活从此割断,
她们心里有些依依不舍,
离别时想起两位女友。

两位女友也住在森林里,
她们生活的年代也很长,
至少有三千多年的经历,
但都情窦初开并非老姑娘。

她们想去同女友告别,
把心事向丈夫讲,
丈夫同意她们的想法,
三位仙妻便一道前往。

两位树仙的住地距离很远,
也在榕树上的金塔楼,
两位树仙的塔楼都很讲究,
珠光宝气金碧辉煌。

婻玛娜维佳一行来到婻帕腊妮家,
把婻瓦伦妮也叫来一起交谈,
三位树仙说明来意,
还谈到未来的理想。

"婻帕腊妮呀我们的好友,
　　　　还有婻瓦伦妮姑娘,
　　过去我们五个经常一块玩,
　　　如今分别以后相见就难。

　　"我们就要与夫君一道去了,
　　把你俩留在这里我们好心酸,
　　　但是我们很爱自己的丈夫,
　　　舍不得离开只好跟着前往。"

　　　两位朋友听了好友的话,
　　　　　感到非常突然,
　　羡慕三位朋友找了个好老公,
　　　此时此刻心里话说不完:

　　　　"我们的知心好友啊,
　　　　我们的友谊日久天长,
　　　　现在你们已交了好运,
　　　做了有福气的王妃娘娘。

　　"你们交了好运没有忘记我们,
　　　专程来道别心地善良,
　我俩非常感谢你们的这份心意,
　我们的友谊就像这棵榕树一样。

　　　"这说明我们情谊深长,
　　　　经得起时间考验,
　　　　我俩向你们表示谢意,
　　　我俩要把这份感情珍藏。"

　叙旧之后婻玛娜维佳想起一件事,
　　忙向婻帕腊妮和婻瓦伦妮讲,
　　　这件事她已想了好久,
　　　现在有机会同朋友交谈。

　　　"我们的丈夫有个弟弟,
　　　他同我们丈夫一模一样,
　　　　他的名字叫做昆代,
　　　　他非常敏捷勇敢。

"两兄弟在一起的时候,
分不清谁是弟弟谁是兄长,
他们两个都是神仙转世,
有着仙人一样的习惯。

"他们还有一个小妹妹,
名叫婻西丽芭都玛姑娘,
他们兄妹三人的感情啊,
亲密无间像我们一样。"

婻帕腊妮听了婻玛娜维佳介绍,
不知不觉春情在心中荡漾,
她突然萌生起一个想法,
转过头同婻瓦伦妮耳语一番。

两位树仙脸上现出红晕,
一副不好意思的模样,
还是由婻帕腊妮代言,
毫不遮掩地对三位朋友讲:

"如果当真有这么好的条件,
我俩想劳你们大驾找你们麻烦,
我俩要请你们给我们做个媒,
帮我俩同你们小叔子穿针引线。

"我俩想嫁给昆代,
我们要跟他去到人间,
海枯石烂不分离,
永生永世同他相伴。

"这样我俩也可以离开森林,
不会两个人留下来好孤单,
我们五个也可以生活在一块,
到了人间也有更多朋友相伴。"

婻玛娜维佳听了心中大喜,
认为两个仙友当小婶最理想,
婻帕腊妮的话音刚一落,
婻玛娜维佳立即把话题接上:

"你说的话完全正确,
　　我们来之前就是这么想,
　　　你们还未见到我小叔,
　　　你们现在不必紧张。

　　"等你们见到他之后,
　　你们再下决心也不晚,
　　我已想出个相亲的办法,
　　　我说出来一起商量。

　　"为了不暴露你们的身分,
　　　你们可以乔装打扮,
你们能看到他而不被他发现,
等你们看中后再现身商谈。"

　　　"这个办法虽好,
　　但我们如何同你小叔搭腔?
　　　不说话怎么了解他的性情?
　　　　这个办法还不周全。"

　　"这办法不行还可以再想,
　　你们可以变成另一种模样,
　　比如说变成两只金丝鸟,
　　　飞到他身旁悄悄地看。

　　"如能印证我说的都是事实,
　　　　你们再现身交往,
　　　如果不是我说的样子,
　　　　你们飞走就是了。

　　"至于要不要同他亲热,
　　　　你们自己看着办,
　　你们不必看我们的脸色,
　　你们想做爱与我们无关。

　　"如果你们爱上我的小叔,
　　可以把他引到隐蔽的地方,
　　　　到时你们主动出击,
　　先把他抱住给他温暖。

"你们千万要记住,
抱紧他以后就不要放开,
等到他醒悟之后,
生米已煮成了熟饭。

"这是我自己的经验,
先同他做爱留下甜蜜印象,
这就有了相爱的基础,
尝了甜头他就不会把你们遗忘。

"也许这就叫做缘分吧,
男女之间好比干柴烈火,
你们明白这层意思之后,
就主动把爱情的火点燃。"

纯朴的两位树仙姑娘,
听了朋友的话豁然开朗,
她俩按照嫡玛娜维佳教的方法,
跟随她们去到众神休息的楼房。

那里全是男神和女神,
有大神小神和神王,
有勐乌东板天国来的国君,
还有很多大臣神官。

他们有说有笑非常热闹,
每个人的性格都很开朗,
两位树仙变身两只金丝鸟,
轻轻地飞到昆代的身旁。

她俩对王子左看右看,
那模样同女友讲的一样,
她俩还观察巴罗和他妹妹,
也都是美丽英俊又大方。

他们兄妹的容貌与众不同,
令两位树仙一见倾心,
小鸟身不由己向昆代靠近,
在场的神人不禁惊奇赞叹。

当金丝鸟刚飞近昆代，
帕那罗延那一眼就把她们看穿，
帕那罗延那的神眼明察秋毫，
认出两只金丝鸟是树仙姑娘。

帕那罗延那做了分析，
认为昆代对她们会喜欢，
因为两位树仙非常美丽，
男才女貌正好配对成双：

"我的宝贝外孙儿啊，
桃花运已降临你头顶上，
你快点捉住两只金丝鸟，
不要错过良好的时光。

"不过你抓获时要特别小心，
不可捏得太重以免她们受伤，
更不能用力过分而弄死她们，
要不轻不重让她们感受到温暖。

"我看这两只金丝鸟啊，
非常可爱令人喜欢，
你把她们关在金笼里，
好些侍候会长得更漂亮。"

昆代听了外公的话，
对金丝鸟也非常喜欢，
他赶忙去捕捉两只鸟儿，
可是要捉住她们并不简单。

昆代的行动正中仙女下怀，
她们慢慢飞动引诱昆代，
这时帕昆代还蒙在鼓里，
他跟在她们后面紧追不放。

当他追到约三里远的地方，
那里树枝繁茂听不到声响，
金丝鸟停在一棵高大的榕树顶，
昆代只好坐在树下翘首张望。

他在树下休息一会,
只觉得清风拂面通身凉爽,
当他继续寻找小鸟时,
却毫无踪影。

两只金丝鸟早已飞走,
婻瓦伦妮飞回自己的塔楼,
婻帕腊妮上楼后精心打扮,
到榕树下去同昆代见面。

她不露声色,
仿佛见到一个陌生人一般,
她走过去向昆代热情打招呼,
装模作样询问昆代情况:

"亲爱的小阿哥啊,
不知道你来自什么地方?
怎么一个人待在这里?
莫非你有什么事要办?

"莫非阿哥是天上的神仙,
巡视人间刚从天上下凡?
或者你是神佛的弟子,
想来拯救人世间的苦难?

"莫非阿哥来自水下龙宫?
或者是金翅鸟的使者前来化斋?
你可能远离故土或来自天际,
专门来雪山林游玩?

"阿哥来到这里之后,
不知有何感触或困难?
阿哥肯定不是普通百姓,
一般的人不会来雪山林。"

昆代见到婻帕腊妮姑娘,
如同天上掉下来的月亮,
听到婻帕腊妮那么多问话,
爱情的暖流在心中荡漾:

"阿哥不曾到这生疏的密林,
　　这里的一切对我全都新鲜,
　　我想问妹妹一些小事情,
　　究竟这里是怎样的乐园?

　　"阿妹问我从何处来,
　　是不是天神巡视凡界,
　　现在我可以如实告诉你,
　　阿妹不必做过多的猜想。

　　"阿哥不是帕雅因从天而降,
也不是受龙王或金翅鸟王派遣,
更不是饥饿的魔鬼寻食人肉,
阿哥是个普通百姓来自凡间。

　　"阿哥的家乡在勐邦果国,
　　是一个非常遥远的地方,
　　阿哥有个亲哥哥在森林里,
　　现在他正准备返回故乡。

　　"因为这个原因我才来到这里,
　　来接哥哥嫂嫂们返回故乡,
　　来雪山林一次不容易,
　　为此到处走走看看。

　　"我倒想问问小妹的情况,
　　为何小妹没有人陪伴?
　　莫非小妹是个神仙女,
　　在这里专门养花传送芳香?

　　"莫非妹妹是天国仙女,
　　打扮以后在这一带游玩?
　　莫非妹妹是龙宫里的少女,
　　在这森林里迷失回去方向?

　　"莫非妹妹是等心上情人,
　　在森林里心情焦急不安?
　　现在哥哥不知道妹妹身份,
　　请你告诉我免得我乱猜想。"

喃帕腊妮心里很明白,
刚才的问话全是伪装,
等到昆代的话音一落,
她急忙把自己的情况细讲:

"妹妹请求阿哥站起来,
走进妹妹的塔楼,
赐给妹妹一个小男孩,
让妹妹在森林里有个伴。

"因为小女子住在这里,
感到格外寂寞孤单,
有一个孩子给我做伴,
我的生活就会充满欢乐。"

昆代其实是天神转世下凡,
相貌出众令仙女坠入情网,
她的突然请求让他无所适从,
他经过三思把自己想法讲:

"亲爱的仙女妹妹啊,
哥爱你像我哥哥爱嫂嫂们一样,
我想娶你做我的爱妻,
不知妹妹能否满足我的愿望?

"柳树般苗条的仙妹啊,
如果阿哥赐给妹妹孩子,
我俩便成了孩子的双亲,
你必须嫁给我随我回故乡。

"到勐邦果和我一块生活,
如果你不答应我就不跟你上床,
我不能违背道德跟你睡觉,
除非你永远陪伴我身旁。"

其实仙女也是善良姑娘,
她生活循规蹈矩从不放荡,
她之所以提出同他做爱,
就是想做昆代的新娘。

"妹妹今天能与阿哥相遇,
全是天意安排和前世姻缘,
妹妹答应你的要求,
满足阿哥良好的愿望。

"我愿跟随你一块生活,
做你妻子永远陪伴你身旁,
只求哥哥不要抛弃我,
让我一个女孩在这里受难。

"我因为有福分,
才能同哥哥相遇雪山林,
也许前世结下的缘分,
让我俩成为夫妻。"

年轻美貌的仙女,
牵着昆代进入闺房,
两人已经心心相印,
毫无顾虑一道上金床。

姑娘的床铺非常松软,
房子里散发出阵阵清香,
两人搂抱一起情意绵绵,
脸贴脸胸贴胸激情奔放。

婻帕腊妮原来是黄花闺女,
没有经验心情特别紧张,
两个人折腾了好一阵,
手忙脚乱疲惫不堪。

两人经过交欢,
生米煮成熟饭,
从此定下终身,
发誓永不相忘。

两人共同品尝仙食,
依偎在一块互相喂饭,
吃完后妻子收拾饭桌,
还端来热水给丈夫洗脸。

待丈夫洗漱完毕，
妻子又端来石灰膏和槟榔，
妻子精心服侍丈夫，
丈夫感受到妻子的温暖。

"亲爱的夫君啊，
如果阿哥要带我到人间，
我就终身在那里生活，
不会再回到雪山林。

"我住的塔楼是金银铸造，
里面还有数不完的宝藏，
我要把这些财物全带去，
就算是家里给我的嫁妆。

"这些财产已陪伴我三千年，
它们与我的仙寿相关，
我不能把它们遗弃在这里，
想请哥哥帮助搬运它们。

"如果塔楼财产搬不走，
我就无法离开这地方，
到时只有一个办法，
就是请哥哥每七天来看我一次。

"否则我会因为思念你，
整日坐立不安，
说不定还会急出重病，
会急坏肺腑和心肝。"

昆代听了婻帕腊妮一席话，
表示理解和支持她的愿望，
他安慰她不必太着急，
事情可以慢慢再商量：

"亲爱的宝贝妻子啊，
哥哥爱你的心坚如磐石，
一定会想办法带走你的宝物，
像我的哥哥嫂嫂那样。

"现在哥哥返回去见家人,
把此事同外公帕那罗延那商量,
请他想办法搬走这些宝物,
请妹妹耐心等待不要心慌。"

昆代这样安慰妻子之后,
离开了嫡帕腊妮的塔楼,
他走到另一棵大榕树下,
坐在树荫下休息。

住在树上的嫡瓦伦妮仙女,
见英俊不凡的昆代来到,
便离开塔楼走了下来,
坐在离昆代不远的地方。

嫡瓦伦妮仙女对昆代说:
"英俊美貌的哥哥呀,
难道您是帕雅因,
怎么会这样优雅大方?

"莫非您是位天神,
如此英俊世上少见?
不知您叫什么名字,
是否可以告诉妹妹?"

昆代却反问道:
"美丽迷人的仙女啊,
不知你叫什么名字,
是否可以告诉哥哥?"

嫡瓦伦妮仙女回答道:
"尊敬的哥哥呀,
奴是瓦伦妮仙女,
就住在这棵树上。"

昆代这才回答她:
"嫡瓦伦妮仙女啊,
哥哥的名字叫昆代,
家住在勐达腊迦。

"母亲名叫婻迪芭玛丽,
她是帕那罗延那的女儿,
母亲是位美丽的仙女,
哥哥也是神仙的后裔。

"由于有这种血缘关系,
所以我也有芬芳的体香,
这是与生俱来不会消失,
因为哥吃的都是仙界食物。

"所以哥哥与凡人不同,
肚子里没有残渣,
从来没有腥臭的屎尿,
也就没有难闻的气息。"

瓦伦妮仙女听了这些话,
心里更加爱慕昆代,
认定昆代是意中情人,
她用情话挑逗昆代:

"昆代哟,奴的好哥哥,
妹妹已深深爱上了您,
奴想向哥哥讨一粒爱的种子,
让妹好好养育一个小孩儿。"

昆代看出仙女说的是真话,
婻瓦伦妮已爱上了自己,
其实他也爱上了这个树仙,
便对婻瓦伦妮仙女说:

"婻瓦伦妮仙女啊,
你求哥给你一粒爱的种子,
这不是小事可不能儿戏,
它关系到你的终身大事。

"如果哥真的给你爱的种子,
你就得永远跟哥哥在一起,
跟哥哥到勐达腊迦生活,
从此告别你的神仙生涯。

"如果妹不想跟哥哥在一起,
那哥就不可能把爱的种子给你,
因为这样有悖于做人的道德,
哥会被人耻笑。"

喃瓦伦妮仙女说:
"哥哥说的这个没问题,
妹妹愿意跟着哥哥一起去,
一生一世永远陪伴着哥哥。

"只要哥把爱的种子给了妹,
那哥哥就得做妹妹的丈夫,
到那时哥想把妹带到哪里,
妹妹都心甘情愿矢志不渝。

"但是妹妹还有个要求,
要把妹妹的塔楼和财物,
一块搬到勐达腊迦,
保住妹的仙寿不中断。

"也只有这样做,
妹才能跟哥哥一起去,
如果哥哥不能做到,
恐怕我俩只能空欢喜。

"如果不能将塔楼和财物搬走,
哥哥只能独自一人回去,
在勐达腊迦住七天,
再回来看望妹妹一次。"

昆代听后心中大喜:
"好妹妹你说的都没有问题,
哥可以搬走你的财物,
我俩可以永远在一起。"

喃瓦伦妮和昆代已经定情,
一起上到榕树上的塔楼里,
俩人一边谈情说爱,
一边享用仙食和槟榔。

昆代嚼过槟榔之后，
向婻瓦伦妮仙女发誓：
"哥哥爱妹的心如磐石，
稳固得如同须弥山。

"哥哥对妹妹的爱，
如帕雅因天宫前的神柱，
谁也无法撼动，
长达九十万年！"

瓦伦妮也向昆代发誓：
"妹妹的哥哥呀，
奴向英俊美貌的哥哥发誓，
奴爱哥的心永世不变。

"稳固得如同须弥山，
奴对哥的情坚贞不移，
如帕雅因天宫前的神柱，
我们的爱长达九十万年！"

昆代对婻瓦伦妮仙女说：
"婻瓦伦妮仙女啊！
哥已经娶了帕腊妮姑娘，
连同你就有两位仙妻了。

"哥要把得到两位仙女的事，
告诉外公帕那罗延那，
再来把两位妹妹带走，
这样做才符合情理。"

婻瓦伦妮同意昆代想法，
送他离开塔楼走下榕树，
昆代向妻子依依惜别，
他要回去向外公报告。

昆代叩拜外公帕那罗延那，
他先谈与两位树仙相爱的事，
又提出了搬运塔楼的请求，
只有同仙女上床的事他不便启齿。

帕那罗延那听后笑着说，
如果真的有这么回事，
请外孙儿不要担心就是，
这种事情其实不难办。

帕那罗延那叫来婻玛娜维佳，
要她去请来两位树仙姑娘，
外孙儿的婚姻大事要好好商议，
要把事情跟姑娘们讲清楚。

两位仙女非常高兴，
跟着婻玛娜维佳很快到来，
她们走进塔楼先拜见帕雅因，
然后去叩见帕那罗延那。

她们向帕那罗延那行跪合十礼，
向他表示谢意和请安，
又去拜见帕亨达爷爷，
最后拜见帕丙比桑父王。

她们规规矩矩地跪在那里，
一动不动很有教养，
婻玛娜维佳和婻迪芭玛丽也跪着，
仙女们都有同样的理想。

此时帕那罗延那外公才开腔：
"你们几个都住在雪山林，
都嫁给我外孙子做妻子，
这是天大的好事。

"你们都是有缘分，
我的外孙非同一般，
你们同他们结为伴侣，
今后的生活会幸福美满。

"如果你们长期分开，
这种事情实在难办，
年轻人不能在一起，
天天牵挂肝肠寸断。

"我作为你们的外公,
一定要帮你们这个忙,
我要把你们的金塔楼和宝物,
搬回到你们居住的家乡。

"你们两个兄弟都一样,
这些财物全部一块搬,
你们小夫妻尽管放心,
这件事我一定会替你们办。"

几个仙女听了帕那罗延那的话,
她们的脸上就像凤凰花开放,
几个姑娘忙拜谢外公,
感谢他为她们实现心中愿望。

帕那罗延那接着又对她们讲,
要她们耐心等待别心慌,
七天内把塔楼和财宝全部转移,
在她们的王城原样安放。

巴罗昆代兄弟俩,
带着各自的妻子回塔楼等待,
他们体验到新婚的甘甜,
享受着天神赐予的无上福运。

佛祖世尊讲完这段故事,
还要接着继续往下讲述,
他先对前面故事作小结,
然后告诉众比丘和释迦族:

"众比丘啊,
巴罗和昆代兄弟俩,
他们都同样英俊能干,
天下闻名举世无匹。

"他们是人见人爱两兄弟,
身上都散发出芬芳体香,
他们都得到树仙的爱慕,
都娶了仙女做王妃娘娘。"

第三十九章

巴罗离开雪山林
灌顶加冕当国王

ၰ ဓိ ၃၉ ပဋ္ဌိဘဋ္ဌဝဋ္ဌဟိမှဂဒု
ဥဿဝဘိသျှေပေ့ဇော်၁ဍေ့

听吧,各位乡亲,
为成全五位仙女的心愿,
也为成全两个外孙的姻缘,
帕那罗延那答应帮大忙。

但此事说来容易做来难,
还得动员众神仙下凡,
因为他们才有无穷法力,
可以实现帕那罗延那的预想。

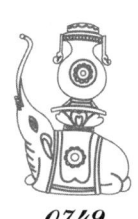

按照帕那罗延那的安排,
巴罗和昆代带着各自仙妻,
回到塔楼收拾行装物品,
准备同大家一起返回家乡。

帕那罗延那通知众人说:
"帕雅因兄弟请听我讲,
还有帕亨达和帕雅乌东板,
我们明天就回勐邦果!"

巴罗这位英俊的王子,
他懂得做人要礼仪至上,
临行前他要拜别所有长辈,
请求他们对他的过失原谅。

巴罗备齐蜡条和其他物品,
首先向伯父告别,
他向帕农腊西行跪合十礼,
请他准许自己返回故乡。

巴罗对伯父讲,
感谢他两年来对自己的培养,
由于自己年少不懂事,
难免会做错事令他心烦。

他请伯父宽宏大度,
不计较晚辈的过失,
请求伯父祈祷赐福,
使他今后生活美满。

帕农听了侄儿的请求,
对他过去的错事一一原谅,
祝愿他今后万事顺意,
祝愿他归途平平安安:

"在这无边无际的天地间,
一切万物都归属神灵管,
晚辈们年轻聪明有作为,
愿万物都听从侄儿使唤。

"祝福侄儿心想事成,
任何灾难和疾病远离身旁,
祝福侄儿顺利继位担任国王,
也祝福百姓生活幸福美满。"

巴罗还面对僧房和周围景物感叹说:
"再见吧,
我每天居住的房舍,
还有日常使用的物品。

"再见吧,
成行的甘蔗和贝叶棕,
还有清澈明亮的大金湖,
是我每天洗澡游泳的好地方。

"金湖畔还是我的大媒人,
使我有幸邂逅仙女,
为此我们结为恩爱夫妻,
金湖的恩情我永世不忘。

"再见吧,
森林里的树木花草,
每天成群蜂蝶为你们伴舞,
你们给人类送去了芳香。

"再见吧,
森林里各种快乐的鸟兽,
还有成群的山羊、麂子、马鹿,
你们都是我的好伙伴。

"再见吧,
山神树仙等各路神仙,
现在我要离开你们,
就要返回久别的故乡。

"祝你们无忧无愁,
祝你们吉祥平安,
祝你们永远快乐,
祝你们青春不老。"

帕农腊西的六个儿子,
也来向父亲拜别,
请求父亲原谅他们的过失,
两年时间没来关心看望。

丙比桑和纳林答兄弟俩,
也来向大哥拜别,
请求兄长原谅他们的过失,
还感谢他两年来对巴罗的培养。

昆代和婻西丽芭都玛也来了,
也来向帕农大伯拜别,
请求大伯原谅他们的过失,
请帕农大伯祈祷他们永世平安。

帕那罗延那也走了过来,
他向侄子帕农腊西告别,
帕亨达眼含热泪,
也来跟自己的儿子告别。

接着人们蜂拥而上,
个个向帕农行跪合十礼,
向大师表示深深的敬意,
祝愿他永远健康。

告别了帕农腊西之后,
帕那罗延那作总动员,
他要将人员进行组合,
安排起程返回勐邦果。

"我和帕雅因及帕雅乌东板,
还有术盘答和帕亨达,
为第一队乘坐一个塔楼,
由天神运载飞行。

"丙比桑和念达辛,
还有婻西丽芭都玛三人,
为第二队乘坐一个塔楼,
由天神运载飞行。"

"巴罗和三位树仙,
还有孔雀公主,
为第三队乘坐一个塔楼,
由天神运载飞行。"

"昆代和他的两个树仙妻子,
为第四队乘坐一个塔楼,
剩下为第五队乘坐一个塔楼,
由天神运载飞行。"

各路神仙准备行动,
王族人先进入金塔楼,
还要选择吉日将塔楼拔起,
搬到勐邦果的广场中央。

大家都准备就绪,
翘首等待良辰吉日来临,
按占卜第二天是个好日子,
到时都可以起程把家还。

第二天出发时辰已到,
帕那罗延那发出命令,
各队神仙一起行动,
顿时响声四起大树摇晃。

五位树仙的塔楼缓缓升起,
连同装在里面的神仙财物,
还有坐在里面的各路人员,
随着塔楼慢慢升上高空。

此时此刻的五位树仙啊,
如同掉了魂魄一样大哭,
她们即将告别母亲树,
她们的悲伤感人肺腑。

她们哭了一会儿之后,
情绪才慢慢缓和过来,
她们还在不停哽咽,
边哽咽边向大榕树告别。

婻玛娜维佳心情特别沉重,
今后不知何时才能相聚,
姑娘的心中无限惆怅,
她跪下向母亲树诉衷肠:

"大榕树我的母亲树啊,
现在女儿向您惜别辞行,
女儿要到遥远的勐邦果,
去一个完全陌生的地方。

"因为女儿有这个缘分,
才能跟随丈夫离开雪山林,
请母亲不要惦记女儿,
请母亲不要为此悲伤。

"祝福妈妈在未来的岁月里,
枝叶茂盛永不枯黄,
愿上苍保佑您幸福长寿,
没有疾病和虫害侵犯您。"

其他四位树仙也一样,
向母亲树和雪山林诉衷肠,
她们情真意切心情激动,
令在场的人泪水盈眶:

"奴的妈妈,
奴的主啊!
您就安心留在这里吧,
奴要同丈夫到勐邦果去了!

"再见吧,
各种树木花草,
小奴天天和你们在一起,
同你们玩耍娱乐。

"每当微风吹来,
你们会小声歌唱,
每到开花时节,
你们都散发出浓郁的芬芳。

"再见吧,
碧波荡漾的湖泊,
还有湖里的莲花小草,
以及湖里的鱼虾螃蟹。

"以前你们陪小奴玩耍,
现在奴要远离你们,
嫁到遥远的地方去了,
不知何时我们才能相见。"

五位树仙向母亲树告别,
向养育她们的故土说再见,
她们的心情很沉重,
经亲人安慰才慢慢平静。

神仙们运载着塔楼,
像运载一个小鸟笼一样,
高高兴兴地唱着动听的歌,
热热闹闹地离开雪山林。

他们运载塔楼非常轻松,
像把芦苇花吹上天一样,
金塔楼在天上轻轻飘动,
像小孩子放飞风筝一般。

金塔楼在天上飘啊飘,
人坐在里面只感到轻微摇晃,
他们不时探头看地面,
山河在眼底下闪耀绿光。

飞行的速度很快,
一天就把陆地上六个月路程走完,
他们来到了勐邦果王城上空,
三座塔楼稳稳地落在地上。

另两座塔楼在勐达腊迦王城降落,
同样稳稳当当落在地上,
当塔楼从天上降落的时候,
王城广场闪耀着金色光芒。

两国的人们纷纷走出家门,
有的站在竹楼亭台上观看,
看到神仙抬着塔楼飞行的样子,
个个伸长舌头惊奇不已。

当塔楼落地稳定之后,
百姓手捧鲜花簇拥而上,
人们欢迎塔楼落地,
纷纷前来参观。

神仙把塔楼放在王城广场,
安放在广场最显眼的地方,
供佛教信徒作为活动场所,
供佛教信徒长期祈祷瞻仰。

这是神仙的宝物,
人们在四周垒起围墙,
厚厚的围墙防护着塔楼,
围墙有四道门设在四方。

围墙还镶上很多镜片，
镶上宝石玛瑙构成图案，
人们还在旁边挖出池塘，
池边种上鲜花四季飘香。

池中种上水葫芦和莲花，
变成一个花的池塘，
塔楼四周还种有树木，
绿树成荫无限风光。

帕雅因对两国的王城很关心，
因为它将变成仙女居住的地方，
帕雅因为那里增设许多景物，
他要把王城变成人间天堂。

勐邦果国有辽阔疆土，
如今又有神仙的帮忙，
国家因此变得更加强大，
城乡呈现一派新气象。

勐邦果增添金塔楼，
王城变得更加辉煌，
两国的王城一样设置，
金塔楼成为两国形象。

围墙外的池塘有数百庹宽，
湖中养着大量的鱼虾供观赏，
湖里还种植成片的睡莲，
莲花盛开到处飘溢着芳香。

宽阔的池面搭着金桥，
桥墩用石垒桥面铺木板，
桥面的木板上雕刻着图案，
桥的两边还架有木栏杆。

在傣家人居住的地方，
只有这两个王城有金塔楼，
金塔楼在人世间很特别，
五座塔楼因此显得稀罕。

　　　　帕雅因还有一个设想，
　　　要让金塔楼保持金碧辉煌，
　　　　塔楼周围要天天打扫，
　　　王族对塔楼要好生看管。

　　　　他要求五座金塔楼上，
　　　日夜放射出夺目光芒，
　　　　塔楼还要有专人看守，
　　　别让人偷走里面宝藏。

　　　帕雅因操心的事还没完，
　　　还要为孔雀公主安排仙府，
　　　他选定勐邦果的一个位置，
　　　变化出了一座仙府给她居住。

　巴罗的宫殿和四位仙妻的仙府，
　　　都在王城里同一片土地上，
　　　　帕雅因早有准备，
　　　已提前安排好在王城中。

　　　　勐邦果的老国王，
　　　会同巴罗和昆代王子，
　　会同天国神仙和勐邦果官员，
　　　在勐邦果王宫中聚集。

　　　大家一起商议国家大事，
　　头件大事是巴罗和昆代兄弟继位，
　　兄弟俩继承王位不能再往后推，
　　这事关系到国家的前途和兴旺。

　　王位移交时要通知所有盟国，
　　一百二十六个国王一个不能少，
　　待各国的国王和头人全到齐，
　再当众宣布树立兄弟俩的威望。

　　　　帕亨达为了这件大事，
　　　　　专门叫来丙比桑，
　　　　把巴罗继位的事对他讲，
　　　丙比桑王其实也是这样想。

帕亨达对丙比桑讲，
当国王就要把后代培养，
他也准备不再当国王，
勐达腊迦君主让昆代当。

丙比桑立即通知各地头人，
向他们发去王子继位的信函，
信件发到一百二十六个王宫，
不论大国或小国规格都一样。

帕亨达考虑大事更周全，
要求昆代的灌顶大典一起举办，
他把通知书信加到三百二十一封，
让所有帕雅带着贡品前来参加。

自从帕农出家之后，
勐萨满达让王后代管，
帕亨达为此非常无奈，
只好从六万位帕雅中挑选国王。

帕亨达经过反复挑选，
看中一位叫术念达的帕雅，
决定让他来治理勐萨满达，
成为勐萨满达新国王。

帕雅术念达原先有个妻子，
但妻子已经因病去世，
帕亨达让他娶婻谢玛扎娜，
两人共同治理勐萨满达。

这是故事中的一个小插曲，
说明帕农出家付出了代价，
帕亨达让新国王和王后一起，
也来参加巴罗和昆代灌顶仪式。

凡有傣族居住的勐，
接到信件后都明白要交接王位，
他们对巴罗王子非常了解，
对他弟弟昆代也了如指掌。

接到信件后他们积极做准备,
要郑重其事去拜见新的国王,
他们认为年轻国王后生可畏,
他们还表示今后会服从管辖。

王家送出书信后也在做准备,
登基那天的仪式要提前排练,
议程中有隆重的拴线仪式,
还有接待各国使节不能简单。

他们规定每个国家礼品数额,
最少也不能少于十万,
各国为了凑足这个规定数额,
正忙于向下面头人分摊。

庆典活动有一项重要议程,
各国使节分批参见新国王,
一定要统一安排统一行动,
时间不许太长也不能太短。

这样才显得隆重热烈,
新国王也较体面,
巴罗知道王爷的良苦用心,
表示不会让王爷和父王失望。

盟国的距离有近有远,
有的走陆路有的坐船,
有的只需几天的路程,
有的要爬一个月大山。

路程远近各国都心中有数,
路上的时间各自会仔细计算,
要求同一天到达勐邦果城,
这一点不论大小国都记心上。

王族亲戚到达勐邦果城后,
首先向帕亨达王爷请安,
接着再拜见巴罗的父亲,
这些规矩他们都熟悉不用细讲。

客人来自三百二十一个傣乡,
主人准备三百二十一桌饭菜,
除此还有王族的其他贵客,
包括来自遥远仙国的亲家公。

各勐帕雅到达了勐邦果王城,
他们把带来的贡品分为两份,
一份献给巴罗作为加冕贺礼,
一份献给昆代作为加冕心意。

众帕雅敬献了贡品,
向帕亨达叩拜并祝福道:
"奴等尊敬的大王啊,
祝愿您老人家长寿健康!

"在这座金子般的宫殿里,
生活得更加吉祥幸福,
祝愿王族子孙个个是俊杰,
祝愿勐邦果永远强盛。"

勐邦果王城里的有钱人,
带着粮食财物和金银珠宝,
带着项链臂镯等各种物品,
还有衣物饰品前来敬献。

大臣们把巴罗和他的妻子们,
迎进王宫大堂,
向帕雅因和帕那罗延那叩拜,
两位大仙面带笑容心情舒畅。

巴罗头戴王冠穿上王袍,
四位仙妻打扮得很漂亮,
她们在两边簇拥着巴罗,
走上金碧辉煌的殿堂。

仙妻们穿着王妃傣裙,
乌黑的发髻油光闪亮,
脸上抹着淡淡的红粉,
身上散发出微微的清香。

大臣们在仙座上铺好坐垫,
让巴罗坐在殿堂正中间,
右边坐着婻玛娜维佳和婻桑卡,
左边坐着婻西丽和婻苏塔玛丽迦。

五个人坐在金色的傣式床上,
象征着他们的权力至高无上,
他们不停地向客人招手致意,
脸上无比尊严容光焕发。

大臣官员们都按照顺序,
轮流走到五位王尊跟前,
为他们举行拴线仪式,
为他们祝福祈祷。

众婆罗门司祭官已经到位,
灌顶洗礼物品摆在竹篾桌上,
庆典仪式开始,
宫殿里鼓乐齐鸣。

王爷帕亨达坐在左边,
右面坐着帕丙比桑和帕雅乌东板,
帕雅因和帕那罗延那依次坐定,
整个宫殿庄严肃穆非常壮观。

来宾首先上前献礼和祝福,
乐队把庄严的国歌奏响,
宾主全都起立向国旗行礼,
老父王一手握国旗一手托印章。

丙比桑王缓缓走近巴罗,
巴罗立即起身跪倒地上,
他伸手接过国旗和大印,
全场鸦雀无声平静异常。

朗诵贺词的大师摊开贝叶笺,
他满脸严肃眼望前方,

乐手用竹箫吹响赞哈①曲调,
康朗拉开嗓门朗诵贺词诗章:

"今天啊,
日子如意吉祥,
今天啊,
没有任何灾难。

"森林里的虎豹豺狼,
它们回窝里躲藏,
森林里的斑鸠和百灵鸟,
敞开喉咙放声高唱。

"大地上百花盛开,
江河里绿波荡漾,
春风吹遍大地,
大地处处飘香。

"麒麟走出山洞,
猛兽不敢嚣张,
龙王走出水宫,
水蛤蚧不敢逞强。

"在广阔的海洋中,
鱼虾戏水海螺鸣响,
螃蟹跳舞海龟欢笑,
水族世界掀起波浪。

"为我们勐邦果欢呼祝福,
欢呼帕巴罗登基当国王,
它们纷纷浮出水面祝贺,
祝贺年轻的国王前程无量。

"今天是个鲜花怒放的日子,
今天能战胜一切敌人和灾难,
今天心想事成万事如意,
今天所向披靡无可阻挡。

---

①赞哈:傣族民间专业歌手。

"今天啊，
舵手们为宝船拴线祈安，
今天啊，
人们为骏马拴线祝福它强健。

"今天做生意的人啊，
家进万贯财产，
他们为金银财宝拴线，
引来滚滚财源。

"这一天是个良辰吉日，
疾病和瘟疫不会来找麻烦，
这是个吉祥的年份和月份，
傣家人荣幸地得到圣人般的国王。

"他的洪福覆盖大地，
他能战胜万千敌人，
他能带领成千上万的臣民，
把傣家人引向繁荣富强。

"拴线大师拿起神圣的丝线，
拴在新继位君王的手腕上，
红丝线拴在左手腕，
白丝线拴在右手腕。

"祝福我们的国王永远不老，
祝福我们的国王万寿无疆，
宏大事业心想事成，
家事国事样样顺当。

"愿我们傣家人的高贵祖宗，
保佑我们新上任的国王，
保佑我们的傣家人民，
国家日益强盛灿烂辉煌！"

康朗朗诵贺词之后，
帕亨达当众宣布，
让巴罗掌管联邦大权，
整个勐邦果都由他管。

隆重的祝福仪式结束之后，
王族长辈亲友前来庆贺联欢，
他们都来为新国王和王后拴线，
祝福新国王合家幸福永远安康。

王族的歌舞队奏起傣乐，
跳起宫廷舞非常好看，
还有众多的歌舞表演，
场面盛大气氛热烈。

那婀娜多姿的歌舞表演，
汇成无比壮观的欢乐海洋，
还有那伴奏的螺号和唢呐，
发出的声音激越响亮。

除此还有傣家的拳术表演，
"刀枪不入"那一套叫人惊叹，
善于搞障眼法的魔术师傅，
叫你真假难分眼花缭乱。

还有用手倒立行走的表演，
像猴子一样很有技巧本领高强，
这些节目全为庆贺新王继位，
节目把傣家人的新生活颂扬。

参加活动的男女老少，
一个个累得气喘吁吁，
不论是官家还是百姓，
不分主仆都在一块联欢。

小伙子和小姑娘，
互相赌酒醉得像烂泥巴，
有的倒在地上像头笨猪，
呼呼大睡不省人事。

庆典活动持续七天七夜，
人们高兴得不愿解散，
都希望庆典能继续下去，
要为年轻国王纵情高唱。

巴罗的加冕庆典结束后,
接下来轮到为昆代加冕,
　庆典仪式要变换地点,
移到勐达腊迦王城举行。

　帕雅因已经提前准备,
把勐达腊迦王城加宽,
如今王城已经宽达十五由旬,
　　王城内外分为七层。

　每层都有一道围墙围护,
每道围墙都是用白玉石砌成,
　每道围墙都有四扇大铁门,
每扇大门要一千人才能开关。

　帕雅因还变出七条护城河,
　　分布在七道围墙外面,
　护城河里的水清澈见底,
河里布满了莲花和洛斑花①。

　帕雅因还变出两个王宫小院,
　　专门供帕亨达享用,
变出一座宽二百庹的宫殿,
　全都用宝石和金银装饰。

　帕雅因为方便大家通行,
　　还在两勐之间开通大道,
勐邦果王城到勐达腊迦王城,
　　　变得畅通无阻。

　两勐之间没有任何树木,
　　也没其他物体遮拦,
这样两勐可以相互看得见,
可以看到对方的王城和宫殿。

---

①洛斑花:傣语,莲塘里生长的一种形似莲花的植物。

当人们全部到达之后,
勐达腊迦王城万众沸腾,
大家为昆代三位妻子加冕,
庆典仪式非常隆重。

在加冕仪式上还进行封后,
封后按照长辈的意思决定,
婻迪芭辛拔丽为昆代王后,
婻帕腊妮仙女是第一王妃。

婻瓦伦妮仙女为第二王妃,
三位妻子都一样风光,
帕雅因还赐给昆代一个封号,
叫做代亚巴郎麻维吉塔拉。

这个封号含义非常深远,
意为极其英俊美貌的君王,
昆代对这个封号十分满意,
对帕雅因无比感激。

接着王爷帕亨达当众宣布,
昆代从此当上勐达腊迦国王,
勐达腊迦的日常事务,
全部由昆代全权掌管。

大臣们为四位王尊铺好坐垫,
昆代和婻迪芭辛拔丽坐中间,
两位树仙分坐他们的左右边,
接下来举行拴线仪式。

大臣们走到四位王尊跟前,
为四位王尊同时拴线,
为他们祝福祈祷,
送上诸多吉利的话语。

接着众婆罗门司祭官起立,
准备为四位王尊灌顶洗礼,
他们先送上祝福的词语,
祝他们治国有方鹏程万里:

"奴尊敬的大君王啊,
　　　奴的主,
今天是吉祥如意的日子,
　阳光灿烂天空晴朗。

"有钱人来家里做客,
　贵客送礼上家门,
　　五谷丰登,
　　六畜兴旺。

"昆代大王喜结连理,
　登上象王宝座做国王,
祝愿国王战胜一切敌人,
祝愿国王使国家发达兴旺。

"今天是幸福美好的日子,
祝愿国王在这黄金宝殿里,
　　生活得吉祥如意,
　　生活得幸福美满!"

众婆罗门司祭官祝福之后,
　为四位王尊灌顶洗礼,
接着是众帕雅和富翁送礼,
送礼时分官阶大小先后次序。

他们送上粮食财物,
还有金银珠宝和衣物首饰,
　敬献给昆代国王,
同时送上他们的忠诚心意。

官员们给昆代和王后王妃拴线,
　　白丝线拴左手,
　　红丝线拴右手,
　　这都是约定俗成。

　白丝线红丝线,
拴在他们的左右手上,
把他们的手拴在一起,
意味着天长日久永不变样。

祝愿他们的婚姻,
坚如钻石,
稳若磐石,
始终如一。

昆代的加冕仪式完毕,
庆祝活动随即开始,
鼓乐声齐鸣,
震动整座王宫。

人们有的敲铓,
有的打锣和击鼓,
有的弹琵琶,
有的吹甘罗和海螺。

有的唱歌有的跳舞,
热热闹闹地欢庆,
活动持续了七天七夜,
大家尽兴方才结束。

当庆典活动全都结束之后,
轮到帕雅乌东板开始行动,
他请女婿巴罗到勐乌东板,
带上自己的大女儿同行。

帕雅乌东板有宏大想法,
要为巴罗举行灌顶加冕,
他要让巴罗去那里继位,
做勐乌东板的君王。

把勐乌东板交给帕巴罗和女儿,
享受勐乌东板的所有财产,
他要帕巴罗治理勐乌东板,
使这个天国不受任何外强侵犯。

帕雅乌东板心里比较着急,
王后嫡尖答迪维还不知底细,
为了能让她早日见到女婿,
他必须尽快赶回天国去。

王后日夜盼望着女儿和女婿,
她肯定吃不下饭无法休息,
为让王后早日见到女婿和女儿,
帕雅乌东板对众君王说:

"奴的大王们,
各位大君王们啊,
奴现在想向各位讨要巴罗,
奴想邀请英俊的女婿到天国。

"巴罗君王是我们的骄傲,
我的两个王子都无法相比,
王后此次没能与我同行,
她很想见到女儿和女婿。

"奴希望巴罗到勐乌东板去,
带上奴的大女儿一块同行,
为勐乌东板增添光彩,
也为两国之间架上友好金桥。

"灌顶加冕仪式结束之后,
奴马上送回不会让他久留,
因为他新任国王事务在身,
还要急于回来治国安邦。

"女儿们的母后嫡尖答迪维,
思念女儿已望眼欲穿,
为了想见到自己的女儿,
她时时都在伤心哭泣。

"奴出来时她还嘱咐:
'如果那边加冕大典结束,
就请带着女婿和女儿回来,
千万不可久留耽误。

"'回到勐乌东板来后,
我们也要为女婿和女儿加冕,
举行隆重的庆祝大典,
再将他们送回勐邦果!'

"王后是这样嘱托,
奴请求大君王们理解,
使我们两个大勐,
成为一个统一的大勐。

"让我们两个大勐,
建立起友好的邦交,
让我们的友好邦交,
从今往后世代传承!"

君王们听了帕雅乌东板的话,
心里都很激动,
都认为他言之有理情真意切,
帕那罗延那接过话说:

"王官们啊,
帕雅乌东板的话合情合理,
婻尖答迪维王后有爱女之情,
非常爱自己的大女儿。

"婻尖答迪维王后有慈母心肠,
这个我们都应该充分理解,
她更想见到自己的女婿,
想让他们回到勐乌东板。

"要为自己的女儿女婿加冕,
要举行隆重的庆典仪式,
要给自己的女儿许多财物,
这是世代传下来的习俗。

"对此我们应该全力支持,
实现王后的美好愿望,
大家现在就做好准备,
动身带着两位王者前去!"

帕那罗延那这一表态,
帕雅乌东板喜笑颜开,
帕那罗延那同意他的请求,
他想将此事做得更加圆满。

他于是对帕雅因说:
"帕雅因兄弟啊,
小弟还有一事相求,
想向你讨点文字做纪念。

"请你刻写一道碑文,
刻在一块白玉石上,
把它留在勐邦果国,
埋在帕巴罗的王宫小院里。"

帕雅因觉得帕雅乌东板的建议好,
便叫人拿来一块白玉石板,
动手在上面刻写了碑文,
碑文的内容是这样写的:

"某年某月某日,
帕雅乌东板的孔雀公主,
和英俊的如意郎君帕巴罗,
要回勐乌东板去成亲。

"孔雀公主嫁给巴罗,
做大君王的王妃,
两家父王都亲自主婚,
从此永不反悔百年和好。

"两个大勐架起金桥,
勐邦果和勐乌东板结成联盟,
从此就有了割不断的亲情,
成为一个统一的联邦。

"两勐建立了友好邦交,
两勐的国王就成为兄弟,
两勐之间永久友好,
两勐的亲情姻缘世代传承!"

帕雅因刻下了这些话,
又将同样的话刻到另一块白玉石板上,
一块埋在勐达腊迦,
一块埋在勐乌东板。

勐乌东板地界很大,
长宽各有五百由旬,
管辖一百零一勐的帕雅,
属于帕雅乌东板福德之下。

帕雅乌东板所居住的王城,
名叫韦沙迦王城,
韦沙迦王城宽二十由旬,
有围墙把王城防护。

围墙全用白玉石筑成,
韦沙迦王城里有议事庭,
还有神坛和洗礼殿,
这全都是仙界的场所。

勐乌东板的姑娘被称为金纳丽,
不用种地也不用插秧犁田,
还不用纺线织布,
也不做生意赚钱。

男女老少全都一样,
他们只享受神仙的财物,
一生下来就有自己的羽衣,
所以他们能够在空中飞翔。

金纳丽们和神仙们一样,
个个都有美丽的容貌,
她们也只吃仙界食物,
总是散发出芬芳体香。

这里的仙民不像人那样有屎尿,
他们也不会生病,
各种疾病与他们无缘,
他们很完美找不出缺点。

帕雅乌东板写了一封信,
派人送往勐乌东板,
交给婻尖答迪维王后,
告诉她女婿和女儿即将起程。

佛祖世尊又进行小结,
理顺前面故事的头绪,
因为这段故事比较复杂,
便对众比丘和释迦族说:

"众比丘和善良的人们啊,
巴罗准备起程回勐邦果,
树仙们对母亲树依依不舍,
她们伤心地惜别后才离去。

"回故乡后举行隆重的加冕仪式,
巴罗和昆代都继承了王位,
接着帕雅乌东板要求送女儿回国,
为巴罗女婿和孔雀公主加冕。"

第四十章
巴罗去到勐庄昊
昆代迎娶金纳丽

ပႃႉ ၶီႈ ၄၀ ပၢႆႉၵဝ်ၵိူင်းမိူင်းမၼ်ႃ
ၶုၼ်ၵဝ်ၸၢၼ်ႉၵျ်ၢႆႉၼၢင်း၁ၵိၼ်ႇလ်ၢၵ်ႇ

上章讲到帕雅乌东板写信给王后，
告诉她女婿和女儿即将起程，
要王后做好准备，
届时要举行隆重欢迎仪式。

王后接到信后很高兴，
为迎接新女婿的到来，
为迎接当了新娘的女儿，
王后兴奋地做准备。

帕雅乌东板的仙宫宝殿，
高五十庹宽四十庹，
矗立在韦沙迦王城中央，
非常宏伟壮观。

喃尖答王后还不满足，
又在王宫周围八个方位上，
变化出八座神仙宝殿，
每座宝殿都很壮观。

在所有的宝殿里，
都摆上仙蒲团，
还铺上仙坐垫，
摆好仙衣饰品和仙食物。

在所有的宝殿里，
都飘着浓郁檀香，
宝殿里的仙床宝座，
专门留给大君王。

八座宝殿全都镶满珠宝,
还有漂亮的玉石和金银,
王后安排得井井有条,
她要使丈夫称心满意。

一切都安排妥当,
喃尖答王后发出命令,
让一百零一勐的帕雅,
都来迎接女婿和公主。

她要求帕雅们立即行动,
调集九百八十万士兵,
为迎接女儿和女婿,
到韦沙迦王城里待命。

帕那罗延那也紧急动员,
安排了大批护送人员,
护送巴罗和孔雀公主,
前往勐乌东板。

帕那罗延那亲自安排,
要求队伍要形成规模风风光光,
要求各个领队的身份,
规格要高全是帕雅国王。

他还安排一批官员,
跟随帕雅因及几位天神,
提前出发打前站,
检查对方准备情况。

然后护送巴罗的队伍才起程,
浩浩荡荡前往勐乌东板,
这样的安排才不会混乱,
才能显示出大国的风范。

孔雀公主穿着羽衣,
轻松自如在蓝天翱翔,
她如同天马行空那样,
自由自在没有任何阻挡。

帕雅因和梵天神等天神飞行而去,
帕雅乌东板和术盘答骑仙马带路,
金纳丽们全穿上羽衣,
她们在空中飞翔跟随后面。

到勐乌东板路程遥远,
从陆地上行走需要一年,
陆地上行走一站接一站,
每一站的距离都比较均匀。

勐邦果出发去到勐晚那贡曼,
这段路要走四个月,
再从勐晚那贡曼去到勐桑斜,
也要走四个月才能到达。

再从勐桑斜去到勐乌东板,
还要走四个月的时间,
三段路程所需时间加在一起,
总共需要十二个月。

但神仙骑着神马就不一样,
各路神仙凭借神通法力,
风驰电掣一日千里,
只需要一天就到达。

勐乌东板方面接到消息,
全都来到勐桑斜迎接,
宾主们在勐桑斜相见,
气氛热烈盛况空前。

媥尖答王后一见到大女儿,
热泪纵横高兴得无以言状,
她立即冲上前扑了过去,
紧紧抱住大公主和巴罗。

亲热一阵后王后才松手,
此时六位妹妹已急不可待,
她们簇拥着姐夫和大姐姐,
前往勐乌东板。

到达了勐乌东板的中心韦沙迦，
这是一个宽五十由旬的王城，
进入王城后百姓都在路两旁，
手握鲜花热烈欢迎。

六万位帕雅得知亲人来到，
便一起迅速出宫迎接，
将他们带到王宫里，
招呼他们坐在座位上。

待客人全部入座之后，
婻尖答王后先安排大家休息，
然后带领各位到住地，
这些都提前准备有条不紊。

引领帕雅因和几位天神，
到东面的仙宫里休息，
引领帕摆和四位随从，
到东北面的仙宫里休息。

引领帕那罗延那和六位随从，
到北面的仙宫里休息，
引领帕巴郎玛埃舜和四位随从，
到西北面的仙宫里休息。

引领帕毗湿奴和四位随从，
到西面的仙宫里休息，
引领帕勇和四位随从，
到西南面的仙宫里休息。

引领帕瓦伦和四位随从，
到南面的仙宫里休息，
引领念达和布塔，
到东南面的仙宫里休息。

还有坦麻和桑卡，
以及济达奴帕和萨哈嘎帝，
萨帕丢瓦等来宾，
也全住在东南面的仙宫里。

嫡尖答王后又进一步安排，
她把六万位帕雅分成八组，
每组都是七千五百人，
负责八组宾客的膳食和安全。

帕雅乌东板和王后抓紧时间，
带着自己的女儿和女婿巴罗，
还有昆代和他的三位妻子，
回到他们各自的寝宫里。

他们进入寝宫之后，
有成千上万的金纳丽美女，
前来侍候兄弟俩和他们的妻子，
为他们端水和送仙食。

还为他们铺好六十个仙蒲团，
恭请巴罗和昆代兄弟入座，
同时向他们的七位妻子请安，
恭请她们坐到仙蒲团上。

巴罗和昆代走过去坐在中间，
巴罗的四位妻子坐在他右边，
她们按照排行依次入座，
非常自觉不会混乱。

昆代的三位妻子也懂礼貌，
都紧挨着坐在昆代左边，
她们也按照排行依次入座，
秩序井井有条。

听吧，
荷花般的妹妹啊，
现在哥要继续歌唱，
歌唱仙女回娘家的故事。

话说帕雅乌东板和王后，
把女婿和女儿带到寝宫，
嫡尖答王后已按捺不住激情，
抱着大女儿嫡苏塔玛丽迦猛亲。

她极疼爱地看着女儿，
诉说分别以来思念的心情，
她热泪盈眶看不清女儿模样，
贴紧着女儿的额头亲吻不停。

婻尖答王后一边亲着女儿，
一边情意绵绵地哭诉道：
"我心爱的女儿呀，
你一点也不体谅母亲心情。

"你说带妹妹到雪山林游玩，
玩不久就会返回王宫，
可是你却一去就是三个月，
急坏了你的父王和娘亲。

"母亲那天盼着你们回来，
从白天盼到黑夜，
可是见不到你们的踪影，
母亲为此坐在门口发呆。

"模糊中见你与母亲在一起，
可是睁开眼却又空空荡荡，
朦胧中还听到你在呼唤，
但屏气静听却没什么声响。

"仿佛又听到你的欢笑声，
可是找遍整座王宫都不见人，
母亲为此惶惶不安，
你父王为此也坐立不安。

"我们焦急地等呀等，
天黑后你妹妹终于把家还，
说是你找到了丈夫巴罗，
这种事你怎能自作主张？

"妈妈感到十分悲伤，
担心你会受骗上当，
为此急昏了好几回，
好在抢救及时才没把命丧。

"我心爱的女儿呀，
直到韦术甘麻天神来到这里，
说你找的那个巴罗很英俊，
　　我才转忧为喜。

　　"现在你已带着丈夫回来，
而且英姿飒爽无与伦比，
还是王族和神仙的后代，
是一个神通广大的女婿。

　　"这其实是我爱女的福气，
为母的担忧全变成多余，
为母的悲伤可以消除，
我实在为你感到高兴！"

　　媥尖答王后和女儿倾诉情感，
冷落了在一旁的女婿，
她转过脸想同女婿说说话，
猛然看到坐在旁边的昆代。

　　她看到巴罗和昆代很相像，
心里头咯噔了一下感到纳闷，
他俩穿的是同样的衣服，
都是同样的打扮。

　　两人的相貌身材都一样美，
令王后认不出哪个是女婿，
哪个是巴罗的弟弟昆代，
她脑子糊涂顿时发呆。

　　媥西丽芭都玛看出王后的困窘，
忙过去抓着巴罗哥哥的手说：
"这个就是我的大哥哥巴罗，
那个就是我的二哥哥昆代。"

　　即便是媥西丽芭都玛提醒，
媥尖答王后还是分辨不清，
她只好记住他们两兄弟的座位，
用座位来分清女婿和他的弟弟。

如果兄弟俩调换了座位，
王后还是无法分辨清楚，
她又想出新的办法，
从女儿所坐的位置来辨认。

因为女儿始终坐在女婿身边，
她距离小叔子昆代比较远，
从亲疏和距离来辨认女婿，
实在有点荒唐但只能这样。

婻尖答王后感到不可思议，
但她一下子也理不出头绪，
这两兄弟长得实在太相像，
只要女儿不认错丈夫也就算了。

正当婻尖答王后纳闷时，
帕雅乌东板走了进来，
他没时间同王后打招呼，
就向女婿和女儿祝福道：

"父王和母后祝福你们，
夫妻恩爱直到九百万年，
祝你们吉祥如意，
祝你们永远平安！

"没有任何疾患病痛，
所有伤害都不近身体，
祝你们永远有洪福，
有战胜敌人的神通法力。

"祝你们的福运无穷无尽，
像千层衣一样保护着身体，
祝你们夫妻永远和睦，
亲密无间如同今天。"

巴罗一行风尘仆仆远道而来，
但宾主初次相见免不了寒暄，
王后婻尖答很讲究外表形象，
要抓紧时间为女儿打扮。

七位美貌的宫女走了进来,
端着仙界的装饰品和槟榔,
摆放在巴罗他们面前,
为七位仙女打扮梳妆。

为她们换上华丽的盛装,
洒上清香宜人的香水,
发髻插上艳丽的鲜花,
七位美女变成忉利天仙女。

勐乌东板国大王子也来了,
对幸运无比的妹夫和妹妹说:
"巴罗妹夫和心爱的妹妹呀,
哥祝你们身体安康!

"祝你们无病无灾,
一切病痛远离而去,
不受任何意外伤害,
长寿到九百万岁!"

受勐乌东板国王邀请,
一百零一勐的君王们都赶来,
参加巴罗和妻子们加冕庆典,
为勐乌东板王国添彩。

勐乌东板有六万位帕雅,
其中一位帕雅有两个女儿,
一个叫婻塔姆蒂娃,
一个叫婻安杂娜。

两个公主长得非常漂亮,
长相同巴罗的妻子一样,
她们的父王见到巴罗的弟弟,
想把她们许配给昆代做王妃。

说来也真是巧合,
两个公主跟随着父亲同来,
她俩走进帕雅乌东板仙宫,
正好碰上昆代在王宫大院里。

两个公主看见昆代,
如同失魂般地痴望,
从未见过如此英俊男子,
爱恋之心油然而生。

两个公主痴迷地看着昆代,
昆代看见两位公主后,
也产生了爱恋之心,
他也非常喜欢这两位公主。

昆代向两位公主打招呼:
"两位金纳丽公主啊,
你们的容貌实在太美,
你们令哥哥永世难忘。

"请你们快来哥哥身边,
让哥哥好好看看,
哥不敢接近你们,
担心莽撞被人取笑。

"哥哥想接近你们,
怕踩着别人埋下的尖刺,
怕碰到妹妹丈夫的套绳,
实在令哥哥左右为难。

"哥还怕坠入捕鸟的丝网,
怕掉进妹妹的情人设下的陷阱,
倘若这样会白白把命丧,
你们说哥哥该怎么办?

"哥只能躲在远处,
偷偷地看你们一眼,
不知两位妹妹是否已经出嫁?
或是名花有了主人?"

两位金纳丽公主回答道:
"奴英俊美貌的哥哥,
说话甜如蜜糖的主啊,
请哥哥不要胡思乱想。

"奴的花树枝繁叶茂,
　　但还没有人来砍,
　　没有人砍断上枝,
　　也没有人修去下枝。

"妹的两枝鲜花正在开放,
　　也还没有人来采,
　　没有人上门来订婚,
　我俩都是没婆家的姑娘。"

　　　昆代又接着问道:
　　"两位漂亮的妹妹啊,
　　不知令尊叫什么名字,
　　　能否告诉哥哥呢?"

　　　两位公主回答说:
　　"哥哥的要求没有问题,
　　父亲叫帕雅坦麻金帝,
　　我们母亲叫婻罗希妮。

　　"我们还有六个姐姐,
　　　另外还有六个兄长,
　　　六个姐姐都已出嫁,
　　　六个哥哥也都成家。"

　　　　昆代又接着问:
　　"不知两位妹妹仙府何处?
　　父王母后的王宫在哪里?
　　　是否可以告诉哥哥?"

　　　两位公主回答说:
　　"如果哥哥想和我们约会,
　　那我们就可以告诉哥哥,
　　如果随便问问就没有必要。"

　　　听到两位公主这样说,
　　　　昆代心中明白,
　　两位公主的心意已表明,
　　　她俩都爱上了自己。

他于是对两位公主说：
"哥哥确实爱慕两位公主，
今天就想上门去拜访，
请你们告诉哥哥吧！"

两位金纳丽公主很开心，
随即告诉昆代真实情况，
她们父母的王宫是哪座，
请昆代哥哥到王宫里玩。

昆代听后心花怒放，
他已被两位公主迷上，
他答应到她们仙府去，
向她们父王母后去提亲：

"今天晚上哥哥就去，
妹妹们可别睡得太早啊。"
他还把名字告诉两位公主，
叫两位金纳丽在家等待。

两位金纳丽回到王宫后，
把遇见昆代的事告诉父母，
还说昆代今晚要来拜访，
让父王和母后有准备。

父母得知后心里很高兴，
女儿婚事牵着他们的心，
傍晚时帕雅坦麻金帝就行动，
派了一位使臣去恭请昆代。

使臣找到昆代叩拜说：
"奴的昆代王子啊，
奴受帕雅坦麻金帝委派，
前来恭请您到王宫去。

"请王子现在就随奴过去，
帕雅坦麻金帝在宫里等待，
帕雅请王子去做客，
有事想和王子商量。"

昆代听了这位使臣的话,
明白帕雅坦麻金帝用意,
但此时他却故意装糊涂,
便不冷不热对使臣说:

"谢谢使臣,
我已经知道了,
不知大王找我何事?
我现在就跟你前往。"

昆代随使臣同往,
去到帕雅坦麻金帝王宫,
帕雅也住在王城里,
他们很快就到达。

帕雅坦麻金帝见到昆代,
突然眼前发亮,
正如两位公主所说,
昆代确实是个英俊小伙子。

帕雅坦麻金帝于是说:
"大伯的贤侄啊,
请你坐在蒲团上吧,
我们伯侄俩好好谈谈。"

昆代向帕雅坦麻金帝施礼,
恭恭敬敬地向他叩拜,
然后按照帕雅的手势走过去,
坐到铺好坐垫的仙蒲团上。

女仆们迅速摆上仙桌,
摆上烟草槟榔和水果,
此时婻塔姆蒂娃和婻安杂娜呀,
面带微笑迈着轻盈步履走出来。

她俩紧挨着昆代身边坐下,
热情地拿食物给昆代享用,
她俩还想进一步试探昆代,
便递上包好的槟榔说:

"哥哥若喜欢姊妹俩的话,
就请嚼食妹妹亲手包的槟榔吧,
这样妹妹才心里有底,
避免闹出不必要的笑话。"

昆代接过槟榔谢过之后说:
"哥不是勐乌东板本地人,
哥哥的家住在勐达腊迦,
距离遥远属于人间。

"哥的家乡在你们的下方,
因送哥哥嫂嫂到勐乌东板,
有缘与勐乌东板美女相见,
期盼能结为夫妻相依相伴。"

公主又拿来仙壶,
送上去给昆代漱口,
热情地服侍着昆代,
温顺贤惠令昆代感动。

昆代享用过仙食后,
便对帕雅坦麻金帝说:
"尊敬的大王啊,
奴有一事相求。

"奴非常喜欢您的两个女儿,
渴望能娶其中一位公主为妻,
请大王把您的一位公主,
许配给奴做妻子好吗?"

此时王后婻罗希妮也在场,
对昆代王子她也很喜欢,
两个女儿已告诉她很爱昆代,
她心中亮堂。

她同帕雅坦麻金帝交换眼神,
丈夫同她的想法一样,
当听到昆代这样请求,
他们非常高兴走到女儿身旁。

他们拉起一位公主的手,
将她交到昆代的手上,
他们没有丝毫犹豫,
两位王尊祝福女儿:

"心爱的女儿啊,
祝愿你们吉祥富贵,
祝愿你们幸福长寿,
一直活到九百万岁。

"英俊的昆代是个好王子,
他智勇双全前程无量,
他有高超法力战胜一切敌人,
他有极大力量克服一切困难!"

两位王尊拉着的是姐姐的手,
妹妹顿时急得两眼泪汪汪,
她也要嫁给昆代王子做妻子,
父母亲见到后也十分为难。

此时昆代已看在眼里,
他此刻心里也很悲伤,
但他抑制住自己的情感,
微笑着对小妹妹讲:

"亲爱的金纳丽妹妹,
哥对你们姐妹俩都喜欢,
可是娶亲姐妹有悖伦理,
违背我们傣家人的习惯。

"所以哥哥只能忍痛割爱,
不能只顾自己被人耻笑,
再说我是王族要带好头,
请小妹妹多多原谅。"

国王觉得昆代说得有道理,
也劝说小女儿不要悲伤,
夫妻姻缘都是前世注定,
要祝福姐姐与昆代喜结良缘。

昆代和公主就此订下终身，
帕雅坦麻金帝非常满意，
他带着自己的女儿和昆代，
来到帕雅乌东板的王宫宝殿。

他向帕雅乌东板禀告说：
"奴的大王啊，
奴的女儿和昆代王子相互爱慕，
奴已将女儿许配昆代王子为妻。

"现在奴送他们回来，
将这个情况向您禀报，
请大王能够允许，
成全这桩美好姻缘。"

帕雅乌东板说道：
"帕雅坦麻金帝啊，
这件事你做得很好，
值得夸奖和赞赏。

"婚姻的事要两厢情愿，
既然姑娘和小伙相互爱恋，
我们就应该成全他们，
要给他们美好祝愿。

"勐邦果和勐乌东板是友邻，
已经成为友好的联邦，
两个勐就像一个大家庭，
两勐的帕雅联姻是好事一桩。

"缔结友好邦交和亲情关系，
亲上加亲可以经常来往，
帕雅因非常支持两勐结谊，
在白玉石板上刻碑文留念。

"一块埋在勐达腊迦王城，
埋在帕亨达君王的王宫小院，
一块就埋在韦沙迦王城里，
就让你我的女儿同时加冕吧！"

帕雅坦麻金帝叩拜说：
"尊敬的大王啊，
奴非常感激您的厚爱，
奴立即把喜讯告诉全家。"

昆代王子以一双仙鞋，
还有一颗绿宝石，
一千两金和十万两银，
作为聘礼献给帕雅坦麻金帝。

佛祖世尊已讲完这段故事，
又回过头对故事进行小结，
这已经是他讲故事的习惯，
他对比丘和释迦族的王亲说：

"众比丘啊，
昆代王子心想事成，
赢得美丽公主芳心，
娶了金纳丽为妻子。

"金纳丽公主非常美丽，
许多男人都为之倾倒，
能够娶到这样的妻子，
是前世姻缘也是积德的回报。"

第四十一章

金纳丽灌顶加冕
喜庆大典起风云

听吧,漂亮的姑娘,
像江河水波浪汹涌而来,
为争女子发生一场战争,
哥要讲的故事更精彩。

请听吧,各位乡亲,
哥要接着继续歌唱,
歌唱金纳丽仙女灌顶加冕,
歌唱发生在勐乌东板的故事。

到了选定加冕吉日,
帕雅乌东板开始总动员,
然后前往叩拜众王尊,
他向帕那罗延那叩拜说:

"奴请求大君王和众王尊,
为巴罗和大公主加冕,
为昆代和新婚妻子加冕,
做灌顶加冕仪式的主持人。"

帕雅乌东板的恳切请求,
得到帕那罗延那和帕雅因允诺,
帕雅乌东板命令大臣立即行动,
吉祥的仙鼓随即咚咚击响。

他召集六万位帕雅,
还有王宫里的大臣官,
以及一百零一勐的君王,
让他们到韦沙迦城里集合。

帕雅因为使盛典更风光,
变出一座华丽的加冕殿,
安放在韦沙迦王城中间,
作为灌顶加冕仪式大堂。

五位帕雅也紧急行动,
将大批财物和礼品,
搬进加冕大堂里,
仪式开始时才方便使用。

贺礼从梵天界带来,
有仙界的粮食财物,
还有金银珠宝,
以及衣物饰品。

随从撑开华盖安放在宝座上,
等候巴罗和王后娘娘,
迎接他们进入王宫宝殿,
隆重举行灌顶加冕仪式。

帕雅因为巴罗准备了封号,
叫巴腊麻韦记塔拉阿嘎①,
好比帕那罗延那的封号,
叫韦记巴布伽赖亚那一样。

大臣官员们夹道欢迎,
欢迎巴罗和他的四位妻子,
将他们迎进仙宫宝殿,
引领到仙蒲团的坐垫前。

巴罗和妻子没立即入座,
先叩拜帕雅因和帕那罗延那,
神王与外公向巴罗和他的妻子回礼,
让他们坐在仙座上。

---

①巴腊麻韦记塔拉阿嘎:傣语,意为最高大至上的金色大君王巴罗。

外公让巴罗坐在仙座中间,
让三位树仙妻子坐在他右边,
左边坐着孔雀公主也是金纳丽仙女,
巴罗和仙妻遵照外公意思办。

三位树仙是嫡玛娜维佳,
接下来是嫡桑卡和嫡西丽,
金纳丽仙女是嫡苏塔玛丽迦,
她们都一样光彩照人。

男婆罗门向他们祝福道:
"今天是祥瑞的日子,
是最好的吉日良辰,
战无不胜所向无敌。

"主人可以征服十万个勐,
黄金装满袋财富数不完,
这是个君王的美好日子,
事事顺心五种祥瑞俱全。

"天下人蜂拥来投靠,
归顺麾下俯首称臣,
所有日子都比不上今天,
今天大吉大利发达兴旺。

"奴等尊贵的大君王,
巴腊麻韦记塔拉阿嘎大君主,
洪福无比的大君王,
祝愿我们的王尊幸福无疆!"

男婆罗门祝辞说完后,
女婆罗门前来献祝辞:
"今天是个最吉祥的日子,
奴等要把吉祥之歌高唱。

"祝愿最负声誉的两位大君王,
最英俊的帕巴罗和帕昆代兄弟俩,
祝愿两位大君王的王妃们,
能够战胜所有的敌人!

"祝愿你们幸福吉祥平安,
永远在这金子般的王宫里,
不受任何苦难困惑干扰,
祝愿你们活到九百万岁吧!"

婆罗门献完祝辞,
进入敬献礼品仪式,
城里的六万位帕雅开始起身,
一百零一勐的帕雅也拥入殿堂。

城外还有众多的民众,
全都带着仙界的粮食财物,
以及金银珠宝和衣物饰品,
来敬献给两位王者和王后。

贺礼堆满王宫殿堂,
王宫走廊也堆得满满,
侍从们将贺礼不停往外搬,
但是因为太多总搬不完。

帕雅乌东板和婻尖答王后,
拿出全部财产分成九份,
送给两个儿子七个女儿每人一份,
每份的财产有十八万万。

国王和王后送的财物不止这些,
还有许多仙界的衣物和饰品,
他们将这些衣物也分成九份,
平均送给两个儿子七位女儿。

帕雅乌东板和婻尖答王后,
送给大女儿一匹神马,
还派出三百个宫女,
去侍奉自己的女儿。

帕雅坦麻金帝和婻罗希妮王后,
也拿出自己的众多财产,
分给两个女儿每人十八亿,
作为父母送给女儿的嫁妆。

他们拿出仙界许多衣物和饰品,
分成两份送给两个宝贝女儿,
还送给出嫁的女儿一匹神马,
供她今后随时可以回娘家。

他们还选出三百个金纳丽宫女,
送给出嫁的女儿使唤,
让她们去侍奉自己的女儿,
确保她在人间过得舒畅。

灌顶加冕仪式结束后,
帕雅乌东板命人把大鼓击响,
召集全城的官员百姓,
还有一百零一勐的国王。

他们还通知全国民众,
让他们穿上仙界的盛装,
佩上仙界的美丽饰品,
到王城参加七天的庆祝活动。

顿时整个勐乌东板王城,
鼓乐齐鸣赞歌唱响,
有的敲大鼓有的敲群鼓,
有的敲单面鼓有的敲双面鼓。

有的敲铁鼓有的敲铜鼓,
有的拉扬琴有的拉胡琴,
有的吹甘罗有的吹海螺,
载歌载舞热闹非凡。

整个韦沙迦王城,
人来人往热闹异常,
整个韦沙迦王城,
充满欢乐喜气洋洋。

庆祝活动日夜举行,
整整延续了七天,
七天后活动结束,
但大家余兴未消。

帕那罗延那和帕雅因很开心,
认为此次下凡意义不同以往,
成就了两兄弟婚姻大事,
完成了两个国家的王位交接。

勐乌东板和勐邦果联姻,
天上和人间结成亲家,
都是他们的精心策划,
也是为实现繁荣人世间的愿望。

但他们来到人间已经多时,
给巴罗和金纳丽的贺礼都送达,
此行算是功德圆满,
应返回比勐乌东板更高的天界。

帕雅因想好之后,
与帕那罗延那商量,
但帕那罗延那似乎有种预感,
要帕雅因先不忙返回忉利天。

话说勐乌东板举行庆典,
盛大活动传遍四面八方,
惊动了天国的所有国家,
也惊动了魔王之国勐韦扎团。

那时在嘎拉给里巴拔达山顶,
有个叫细哈恭拔的魔王,
他是勐韦扎团的君主,
手下有千千万的兵将。

当消息传到魔王的耳朵里,
无意中唤醒他多年的梦想,
这个住在嘎拉给里巴拔达的魔鬼,
六年前曾有个见不得人的打算。

魔王有一个宝贝儿子,
奇丑无比还满肚坏心肠,
他听说勐乌东板有七个公主,
个个美丽像花蕾一般。

魔王想娶大公主为儿媳妇，
便派媒人到勐乌东板国提亲，
他强迫大公主答应这桩婚事，
还永远不许公主找情郎。

当年大公主只有十岁，
帕雅乌东板没接聘礼，
帕雅乌东板告诉媒人，
这桩婚事等以后再商量。

当魔王听说大公主已经出嫁，
气得怒火中烧牙咬得咯咯响，
他指责勐乌东板王背信弃义，
他发誓要踏平勐乌东板。

魔王召集所有大臣武士，
把这个坏消息同大家讲，
他指责勐乌东板单方毁约，
要找勐乌东板王算账。

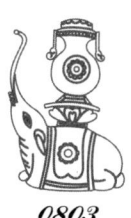

他们找来一个能说会道的人，
这人被称为铁嘴最会诡辩，
十个人的口才也说不过他，
他能把死人说成活人。

那个铁嘴被叫到王宫里，
接受旨意前往勐乌东板，
他到了勐乌东板口气很大，
大摇大摆十分傲慢。

主人向他行礼他不理睬，
主人给他让座他懒洋洋，
主人向他打招呼，
他只哼一声就责备说：

"老子此次来想看大公主，
听说她已嫁人当了新娘，
大公主福气真不小啊，
嫁人也不通气就自作主张。"

勐乌东板的人回答他,
大公主确实当了新娘,
铁嘴妖臣为了进一步证实,
又亲自去找帕雅乌东板:

"国王啊今天我来找你,
怕你年纪大会健忘,
我想问你这个当父亲的,
六年前你是否对谁许过愿?

"那时你把公主许配给我的大王,
为什么把此事忘得一干二净?
你可知道单方毁约该当何罪?
说话不算数的人还配当国王?"

六年前提亲虽说是一厢情愿,
帕雅乌东板却也不曾食言,
他承认当时曾有过那件事,
但事情的发展出人意料。

他说过去提亲时女儿尚小,
这六年间你们音讯渺茫,
女儿是大活人而非礼物,
岂能想送谁就送谁?

女儿长大有自己想法,
当父母的不能勉强,
年轻人相爱是缘分,
缘分的事谁也无法阻挡。

她爱上了巴罗王子,
我们也只能顺其自然,
这个小伙子英俊能干,
他的名声传遍四面八方。

如今他们真正相爱,
我们当父母的不会阻拦,
拆散他们的婚姻,
这种缺德事我们不能干。

这好比在河边吃草的羊,
如果口渴在河里饮水,
想把它硬拉走很困难,
所以当父母的只能顺其自然。

这个铁嘴妖臣听了这一席话,
早已怒火中烧坐立不安,
没想到对方敢向他讲大道理,
他怒气冲冲提高嗓门大声嚷:

"老子的大王把话挑明,
他警告你们回头是岸,
这个大美人不能被人带走,
更不能让她与那小伙子同房。

"你们把大公主留下就没事,
这个道理其实非常简单,
只要大公主嫁给大王儿子,
保证她幸福万年长。

"如果你们不履行婚约,
就是对我大王的欺骗,
不按大王的话做,
后果会怎样你们自己去想。

"我可以坦白告诉你们,
背信弃义没有好下场,
到时别怨我们不讲情面,
等待你们的是战场上的刀枪。"

勐乌东板的群臣站在一旁,
看到来人竟敢如此狂妄,
他们意识到问题很严重,
要认真对待不可大意。

妖国的来人欺人太甚,
在场的人个个生气,
有个大臣捋起袖子猛击桌子,
愤怒地对来人厉声呵斥:

"你竟敢如此狂妄无礼,
有什么事情应好好商量,
我们大公主已经出嫁,
天底下哪有一女嫁二夫?

"其实不知你们国王怎么想,
是不是真想娶国王姑娘,
对这个事情可能另有意图,
说不定想霸占我国领域。

"现在我要告诉你一个小常识,
一头大象和另一头大象,
各有各的牙齿互不交换,
国与国之间不可互相侵犯。

"至于将会发生什么事,
我们将拭目以待,
谁是谁非自有公理,
正义战胜邪恶不可违抗。

"你快收起你的威风,
不要来这里乱叫嚷,
如果你再说三道四,
我们叫你有来无还。"

这个妖臣听了大臣的话,
气得两眼冒出火光,
他低着头在房子里打转,
看样子不会就此认输求饶:

"老子也是一个男子汉,
久无仗打正闲得发慌,
老子是武士家庭出身,
有种的就站出来较量。

"至于你们想同我们打仗,
这事对我们是小事一桩,
打仗我们不喜欢小打小闹,
要打就打大仗恶仗。

"不打仗我们学武艺干吗,
你们不敢打就趁早投降,
至于今后会发生什么,
你们就睁大眼睛等着看。"

这个妖臣气急败坏,
阴阳怪气胡说一番,
他说完话悻悻离去,
回勐韦扎团去见妖王。

等那妖臣离开后,
国王就去叩拜帕那罗延那,
把这件事向梵天王禀报,
帕那罗延那听到后说:

"他们要硬来就让他们来吧,
一只小金翅鸟有什么可怕?
但我们要做好战争准备,
让疯狂的妖魔有来无还。"

得到帕那罗延那的允诺,
帕雅乌东板立即动员备战,
他命人敲击宫殿门前大鼓,
向全国发出备战的命令。

他告知六万位帕雅和将官,
让他们提前做好战斗准备,
立即调集十二阿呵士兵,
并配发萨哈萨它麻神弓和火箭。

他还派人告知一百零一勐帕雅,
让他们调集十二阿呵士兵,
佩带萨哈萨它麻神弓和火箭,
火速赶到韦沙迦王城待命。

话说妖臣离开勐乌东板,
火速飞回嘎拉给里巴拔达山顶,
向魔王禀报情况,
还添油加醋把帕雅乌东板告一状。

他把事情经过说了一遍,
口沫横飞没遮没拦,
妖王听了妖臣的禀报,
像锋利的长矛刺进心脏。

他不时起立走来走去,
他搔头弄耳心烦意乱,
有时暴跳如雷像疯子,
有时气喘吁吁像生病。

他气得全身发抖,
他气得坐立不安,
他说话结结巴巴,
他像只无头蟑螂。

他稍微冷静下来之后,
下命令召集大小妖官,
待大小妖官全部到齐,
他拉开嗓门大声叫嚷:

"我要踏平勐乌东板,
我要活捉他们的国王,
把他带到勐韦扎团来,
给他点颜色看看。

"要是他还继续嘴硬的话,
就砍下他的头颅踢着玩,
让他离开天国永远活不成,
看他是要老命还是要姑娘。"

勐韦扎团的小妖随声附和,
都说妖王早就该下令打仗,
他们齐声夸奖妖王英明,
个个摩拳擦掌表示气愤。

魔王此刻更是愤怒难忍,
他随即召集妖兵妖将,
令铁嘴妖臣为打头阵将官,
因为他熟悉情况妖术最强。

他又召见岩罕风妖官，
　他的妖术像狂风一样，
　　　能席卷千军万马，
有着惊人的武功和力量。

　除此之外还有维吐拉，
　也是一个能干的妖官，
　另一个妖官叫昆巩嘎，
　他的妖术也非同一般。

　　妖兵妖将有千千万，
个个都能腾云驾雾飞云端，
　　人人都有不凡的本领，
更有叱咤风云的沙场老将。

应召的将士来自四面八方，
　　天马行空如履平川，
　在勐韦扎团王的指挥下，
　妖兵们即将奔赴战场。

　　　妖兵妖将个个好战，
听说要打仗都心花怒放，
他们纷纷向妖王表忠心，
浴血奋战决不会打败仗：

"我们要打到勐乌东板，
我们要直插他们的心脏，
我们要到勐乌东板过节，
我们要到勐乌东板联欢。

"打败勐乌东板国王，
　活捉他的七个姑娘，
　把她们抓来做老婆，
　给她们点味道品尝。

"至于姑娘们的丈夫，
　把他杀死剁成肉酱，
　拿来红烧做下酒料，
让他知道争老婆的下场。"

妖王的叫嚣声像长了翅膀，
消息很快传到勐乌东板，
究竟勐乌东板作何反应，
下面我再接着详细讲。

现在啊我要调转话头，
讲勐乌东板国的情况，
当得知妖王进犯的消息，
举国上下准备迎接大战。

其实魔王的妖臣回去时，
帕雅乌东板心中已明白大半，
那时妖臣气汹汹边骂边走，
帕雅乌东板已经有战争的预感。

当战争的确实消息传来，
帕雅乌东板觉得很正常，
勐韦扎团既然要发动战争，
战争的罪名全由他们承担。

国王下令催促各路兵将，
还向全国发出贝叶信函，
全国臣民聆听国王号令，
个个义愤填膺士气高涨。

举国上下做好了战斗准备，
筑起了坚固的御敌城墙，
一致认为妖国欺人太甚，
决心保卫国土寸步不让。

勐乌东板严阵以待，
共征集了将士四十阿呵，
兵力分布在三百由旬国境上，
准备痛击魔王大举进犯。

除了勐乌东板本国的兵力，
他们还向勐庄昊各仙国求援，
勐庄昊各仙国援兵八千万，
用于牵制敌人的盟军力量。

帕雅乌东板召集武将研究方案,
他请女婿巴罗当主帅,
巴罗对敌方情况了如指掌,
侃侃而谈令众武官刮目相看。

他们制订了周密的作战方案,
这套方案全是巴罗的主张,
一旦战争打响,
就会形成一张巨大的网。

当网一旦撒开,
把妖兵围住像铁桶一样,
然后再将妖兵逐个消灭掉,
使妖兵进退两难无法逃窜。

将士们严阵以待,
将士们不敢怠慢,
他们关注每个角落的动静,
随时准备迎击敌人进犯。

韦扎团集中全部妖兵妖将,
不从地面行军,
从空中飞到勐乌东板,
将韦沙迦王城团团围住。

魔王摩拳擦掌,
对着王城大声喊:
"厚颜无耻的帕雅乌东板,
你掏干净耳屎听我讲。

"你说出来的话却又收回去,
如果你想保住狗命的话,
就赶快把你的女儿交给我,
否则我不会手下留情。

"交出女儿我可以留你性命,
胆敢抗拒你就活不到明天!
我要把你们全部杀死,
让你们全城百姓彻底灭绝!"

帕雅乌东板大声回敬说:
"魔王你给我好好听着,
你这个可恶的韦扎团,
你毫不讲理血口喷人。

"你的儿子不配做我女婿,
婚姻之事不能父母说了算,
你想强夺我的女儿,
我绝不会让你得逞。

"我不怕跟你打仗,
你只不过那一点的士兵,
我们有四十阿呵兵力,
我们一点都不怕你们!"

这时帕那罗延那念咒施法,
把整个勐乌东板保护起来,
此时一百零一勐的帕雅,
也遵照命令率兵马赶到。

这些兵马驻扎在王城外,
如同一道厚实的铜墙铁壁,
对韦沙迦王城形成反包围圈,
把韦扎团军队的后路截断。

这些全是巴罗的主张,
令韦扎团妖兵妖将一筹莫展,
韦扎团无法进攻,
只好转过头攻打一百零一勐士兵。

韦扎团士兵用萨哈萨它麻神弓,
向一百零一勐士兵们射击,
一百零一勐士兵也奋起回击,
也用萨哈萨它麻神弓猛射敌军。

巴罗和昆代两兄弟奋勇参战,
他俩在城里来回穿梭,
挥舞着仙剑拦截韦扎团士兵,
砍杀妖兵像快刀切萝卜一样。

韦扎团士兵继续顽抗,
用神弩对射相持不让,
看样子短时间难决胜负,
此时帕那罗延那念诵咒语。

随即变化出一只金翅鸟,
鸟身庞大像一座山,
金翅鸟在王城四周飞旋,
顿时狂风大作飞沙走石。

巨大的金翅鸟舞动大翅膀,
把韦扎团士兵打得哭爹喊娘,
他们手里的刀剑全被打落,
旋风把韦扎团士兵卷上高空。

妖兵被摔在嘎拉给里巴拔达顶峰,
有的撞死在岩石上,
有的撞死在大树枝丫间,
有的被气流卷走不见踪影。

金翅鸟的威力十分恐怖,
妖兵妖将狼狈不堪,
他们只剩下三那腊当兵力,
依然继续顽抗。

那个叫细哈恭拔的魔王,
见到帕那罗延那强大的神通法力,
他转念再打下去只有死路一条,
还不如投降才能保住小命。

他就对韦扎团将士们说:
"全体将士听着,
对方威力实在太强,
我们伤亡惨重。

"这个你们都已经看到,
如果我们继续打下去,
我们将全部丧生在这里,
我们到底应该怎样办?"

这时有一位老臣站出来,
为了保命他只好大胆讲,
他向细哈恭拔大王提议,
低头服输向对方投降:

"尊敬的陛下啊,
看来大势已去无法扭转,
为了保存生命免于一死,
我们只好放下刀枪投降。

"我们还是写信去给他们,
承认我们错了请求原谅,
我们向各位大君王道歉,
免得全部战死无法还乡。

"从此我们俯首称臣,
心甘情愿地侍奉大君王,
请他们饶了我们的性命,
结束这场由我方挑起的战乱。"

细哈恭拔采纳大臣意见,
命他立即书写投降信函,
大臣接旨后便迅速行动,
投降书很快写好呈上。

他们把投降书写好后,
就让小鹦鹉把信送去,
两只小鹦鹉接下信件,
按照吩咐把信送给对方。

那两只鹦鹉带着书信,
向勐乌东板飞去,
飞到勐乌东板上空,
直接飞进韦沙迦王城。

鹦鹉将信交给了帕雅乌东板,
还把情况如实讲述,
讲述完后鹦鹉站在一旁,
察言观色注视着对方。

帕雅乌东板收到信函,
迅速将信函打开来看,
他看完书信的内容,
就带鹦鹉去见帕那罗延那。

帕那罗延那和帕雅因,
把巴罗叫来一块商量,
他们看过信后交换意见,
巴罗说尽量减少生灵涂炭。

帕那罗延那和帕雅因听后点头,
认为巴罗确实有菩萨心肠,
为此叫来勐乌东板王,
让人给细哈恭拔写复函:

"如果你们真的要投降,
请求我们饶你们的命,
那就让帕雅们放下战刀,
带着随员来投降!

"如果你们的帕雅还有想法,
想表现他们的高傲不愿亲自来,
那我们也不勉强,
但是会再给你们点厉害看看。"

帕那罗延那写好回信后,
就让那两只鹦鹉带回去,
要它们交给帕雅韦扎团,
并向细哈恭拔如实讲。

细哈恭拔见到信后,
更加惊恐和害怕,
赶紧带着香烛蜡条等物品,
像只丧家犬前去投降。

他领着随员来到勐乌东板,
低着头进入韦沙迦王城,
路上他不敢久留直奔王宫,
走进帕雅乌东板王宫大殿。

这时许多勐的帕雅都在那里,
他们正在大金殿里商谈要事,
细哈恭拔不敢打扰站在门口,
呆呆地等候接见。

帕雅们整齐地围坐在那里,
有法力神通的帕那罗延那,
有英俊威武的帕雅因,
有此次战争的统帅巴罗。

这时随从进来禀报,
说细哈恭拔带人来投降,
帕那罗延那显然已猜到,
示意让细哈恭拔进来。

细哈恭拔像只落水鸡,
双手合十举至头顶,
他恭恭敬敬地跪拜,
向帕那罗延那和帕雅因说:

"奴的大神王,
最有声誉的大君王啊!
奴等做了错事得罪大王,
奴等前来请罪投降。

"奴害怕打下去失去性命,
奴等请求大君王饶恕,
给奴一个改错的机会,
奴等保证今后不敢再犯。

"请求大王们开恩,
奴等现在就投降,
奴等向各位大王道歉,
向各位大王谢罪!

"请求各位大王宽宏大量,
宽恕奴等的罪过吧!
好比让奴等下河洗澡,
把罪孽洗刷干净重新做人。

"请饶恕奴等性命吧,
如若奴等今后再犯,
情愿被雷劈火烧,
永世当牛做马。"

帕那罗延那听后回答说:
"听着,细哈恭拔!
有关金纳丽大公主的事,
你必须向帕雅乌东板道歉。

"当初你向帕雅乌东板提亲,
帕雅乌东板说女儿还太小,
还不能出嫁许配丈夫,
告诉你等她长大以后再说。

"可是等她年满十六岁,
你们却没来上门提亲,
这事你说能怨得了谁,
她另外嫁人究竟是谁造成?

"帕雅乌东板也没明确答应你,
只是表示等女儿长大以后再说,
因为你没再来提亲,
帕雅乌东板也就没将这事放心上。

"后来七姐妹去雪山林游玩,
在那里遇见英俊的巴罗,
他们一见就互相爱上了,
于是大公主同巴罗结为夫妻。

"因为我外孙巴罗有福运,
才能得到大公主的钟爱,
可是你们却狂妄自大,
居然敢来攻打帕雅乌东板。

"你们想强行抢夺他女儿,
你们如此不讲道理,
你们这样蛮横霸道,
叫我怎么能服气呢?

"我如果让你们全都死光,
都是情理之中并不过分,
现在你们来向我讨饶,
说明你们已经知错认错。

"既然这样我可以宽恕,
不追究你们死罪,
给你们一条改过的生路,
给你们一次重新做人的机会。

"其实你们得罪的不是我,
而是我的外孙巴罗,
因为你们要抢夺的是他的妻子,
想让他们夫妻分离。

"所以你们真来请罪的话,
必须先向巴罗请罪,
还要向他的岳父帕雅乌东板请罪,
要得到他们两位的宽恕。

"可以明确告诉你,
是巴罗要求停止攻打,
他慈悲为怀心肠好,
否则你们早就完蛋。"

帕那罗延那说完后,
细哈恭拔频频点头称是,
他按照帕那罗延那的意思,
忙向巴罗和他老丈人请罪。

接着他又向帕那罗延那请罪,
又向帕雅因等众王进香叩拜,
他们还把带来的谢罪礼物,
共十八亿财物敬献给巴罗。

细哈恭拔请罪后说道:
"奴的最有声誉的大君王,
奴恳请大君王们,
去看看我们的勐吧!"

帕那罗延那和帕雅因听了请求,
对细哈恭拔说:
"好的,我们接受你的好意,
我们有时间都会去的。"

细哈恭拔向众王告辞,
灰溜溜回到自己的勐里,
他变化出八座宫殿,
准备迎候帕那罗延那大驾。

八座金殿耸立在那里,
座座金殿雄伟壮观,
每座金殿宽一百庹,
里面都非常漂亮宽敞。

他又在每一座宫殿里,
摆放好宝座和食物,
还有各种日常用品,
准备迎接到来的客人。

帕那罗延那接受对方邀请,
告知所有的帕雅同行,
叫大家到勐韦扎团游玩,
游览嘎拉给里巴拔达山顶风光。

帕那罗延那坐在金翅鸟背上,
帕雅因骑着蔼罗筏拏神象,
帕摆骑着古怪的陀腊毗神牛,
每一只角上长着一百根刺。

帕巴郎麻埃舜骑着大狮子,
帕毗湿奴骑着大老虎,
帕瓦伦纳骑着一条巨龙,
帕勇骑着萨达蜡神马。

帕雅苏念达也骑着神马,
神马的名字叫阿萨达拉,
布塔和坦麻,
以及桑卡则穿着仙鞋。

还有萨哈嘎帝和济达奴帕,
以及萨帕丢瓦也穿着仙鞋,
他们一行十六人,
来到嘎拉给里巴拔达山顶。

韦扎团国群臣见众王来到,
急忙去王宫外迎接,
他们敲着锣鼓弹奏着各种乐器,
拥着众王进到王宫里。

细哈恭拔迎接了众神王,
把众王迎进王宫里的宝座上,
宝座上铺垫好蒲团,
坐垫念过咒施过法很松软。

待贵宾坐定之后,
细哈恭拔说:
"奴请求与大君王结下王者之交,
与勐乌东板的帕雅乌东板做朋友。"

帕那罗延那就说:
"细哈恭拔啊,
勐乌东板和勐韦扎团是近邻,
两地确实应友好交往。

"你们今后应该经常往来,
让两个勐像一个勐一样,
从今天起你们的隔阂要彻底消除,
彼此之间不再发生不愉快的事情。"

这时帕那罗延那生出怜悯之心,
他口念着咒语向宫外吹出去,
神咒变成一阵风飘向远方,
使韦扎团死去的将士全部复活。

细哈恭拔见后高兴万分,
他对帕那罗延那行跪合十礼说:
"美丽的花朵在春天开放,
现在小奴就举手叩拜大王。

"无比宽广的地域也有边界,
两个大勐之间要搭起金桥,
两个勐要订下条约,
两勐之间建起友好联邦。

"如果哪个勐发生战争,
就互相帮助并肩杀敌,
如果有什么灾难发生,
就互相帮助共渡难关。

"订下的条约要遵循,
谁有困难就互相帮助,
订下的条约要执行,
从此两勐就是一家亲。"

帕那罗延那写了友好合约,
叫人用两块白玉石板刻上碑文,
一块埋在勐乌东板,
一块埋在勐韦扎团。

细哈恭拔非常感谢众神王,
向帕那罗延那和帕雅因敬拜,
并款待众王在他们勐的王城里,
痛痛快快地游玩了十一天。

众王住在嘎拉给里巴拔达山顶,
愉快地度过了十一天,
他们就告别细哈恭拔,
返回勐乌东板。

临别时韦扎团民众倾城而出,
敲锣打鼓热情欢送,
欢送众王离开勐韦扎团,
欢送贵宾返回勐乌东板。

众神王游览勐韦扎团后,
细哈恭拔又邀请巴罗来玩,
来访人员由勐乌东板国王带领,
来访的人员总计有十四万。

来访人员除了巴罗作陪,
还有天国里的天神,
另外还有部分平民百姓,
来访的人员都精心打扮。

大家兴高采烈,
像过大节一般,
时间一到都集中到王宫,
国王号令一下一齐出行。

到勐韦扎团去的路程遥远,
走路要三个月会把人累伤,
于是他们全部从天上飞行,
只需一天就能到达勐韦扎团。

勐韦扎团组织了庞大欢迎队伍,
倾城而动迎接勐乌东板国王,
细哈恭拔亲自出动,
还有百姓和宫廷臣官。

勐韦扎团准备丰盛的酒席,
迎接客人远道来访,
主人把客人迎进王城,
带进富丽堂皇的殿堂。

主人铺设高贵的地毯,
请尊贵的客人坐在上方,
接着端来丰盛的美味佳肴,
敬请嘉宾休息和用膳。

细哈恭拔向客人行跪合十礼,
他首先敬勐乌东板国王,
接着向巴罗施礼,
然后很有礼貌地把话讲:

"尊贵的勐乌东板大王,
尊敬的帕巴罗君王,
尊贵的各位臣官及头人,
各位光临使敝国无上光荣。

"值此各位嘉宾光临之际,
我和我的家人及族长,
向各位表示热烈欢迎,
并向各位鞠躬请安!

"愿我们两国的友谊,
像奔腾不息的江水一样,
永不枯竭源远流长,
像菩提树一样永远不枯黄。

"在今后的岁月里,
不管遇到什么困难,
我们都会全力帮助,
永远效忠盟主大王。

"为了表达我们的诚意,
我准备了部分礼物和宝藏,
这些钱币共有八十多亿,
还有黄金白银等其他宝藏。

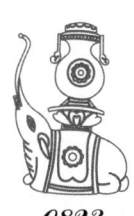

"这些是赠送给盟主的礼物,
礼轻情意重请盟主笑纳,
礼物代表我们的深情厚谊,
也象征我们的友谊永不中断。"

勐乌东板王愉快地接受礼物,
包括珍珠钻石等,
这是勐韦扎团第一次进贡,
也是勐韦扎团加盟勐乌东板的开端。

按照傣家人的礼节规矩,
勐乌东板国也有礼物回赠,
互赠礼物仪式结束之后,
宾主一道举行了联欢。

第二天主人带客人游玩,
观赏勐韦扎团的风光,
到了月亮变圆的那一天,
来访人员才返回勐乌东板。

离开时勐韦扎团派出大队人马，
敲锣打鼓护送客人返回故乡，
他们还带着赠送客人的礼物，
一直将客人送到勐乌东板本土。

自从那一次的走访开始，
两国建立起亲密的友谊，
随着互相往来次数增多，
两国之间友谊又有新发展。

按照帕那罗延那的主意，
让两勐年轻人联姻结亲家，
他在勐乌东板挑选七位美女，
七位美女在六万位帕雅的公主中挑选。

挑选七位金纳丽公主的目的，
是去做帕韦扎团的七个王子妃，
两勐成为亲家有了实在的进展，
不愉快的事情就烟消云散。

从那时起两勐就互结亲家，
有时勐乌东板的帕雅，
娶勐韦扎团帕雅的女儿做妻子，
双方帕雅结为亲家互相来往。

有时勐韦扎团的帕雅，
去娶勐乌东板帕雅的女儿为妻，
两勐帕雅联姻就这样一直延续下去，
增进了两个勐的亲情友好关系。

众王回到勐乌东板之后，
神王们又在那里游玩了十一天，
帕那罗延那和帕雅因感到非常满意，
向帕雅乌东板和六万位帕雅告别说：

"帕雅乌东板啊，
女儿出嫁要三年后才能回娘家，
今后如果你想念女儿们，
就派你的亲信们去探望。

"等三年之后就无所谓,
巴罗和昆代就会回来,
带着你们的女儿回来探望,
之后你们都可以互相走动。"

帕雅乌东板听后非常感激,
接着帕那罗延那的话说:
"好的,非常感谢,
神王的叮嘱我会牢记。"

帕那罗延那看时候不早,
就叫来巴罗和昆代,
把仙鞋和神马交给两兄弟,
要他们今后治理好两个国家。

兄弟俩对外公的关爱非常感激,
表示绝对不会辜负外公的期望,
他们还向外公祈祷,
祝老人家健康长寿。

这时勐乌东板的国王也来了,
送给巴罗和女儿们礼品,
有手臂镯及各种服饰,
还有几十万金银财宝。

兄弟俩告别了岳父母,
带着两位金纳丽公主,
还有两千七百个宫女,
骑上神马返回勐邦果。

帕雅乌东板还专门派人送行,
有一阿呵金纳丽姑娘,
让她们把女儿的仙界粮食财物,
以及金银珠宝衣物送到勐邦果。

帕那罗延那和帕雅因同时告辞,
带着众王一起乘上他的仙船,
向空中飞速驶去,
只一天工夫就到达勐邦果。

勐邦果的帕雅和臣官,
都出来迎接巴罗兄妹三人,
勐邦果的百姓,
还为金纳丽公主建盖了寝宫。

帕亨达得知孙子回来,
就派人去告诉昆代,
让他跟哥哥同住七天,
之后再返回勐达腊迦。

七天过后昆代拜别父母亲,
辞别哥哥和妹妹,
然后带着妻子和随从,
回勐达腊迦王城去。

昆代回到勐达腊迦后,
帕雅因又变了一座宫殿,
给婻塔姆蒂娃公主居住,
这是昆代第四位妻子的仙宫。

昆代有了四个妻子,
就有四座宫殿,
四个妻子每天轮换,
依次侍奉着昆代。

办完巴罗和昆代的事情,
帕雅因和梵天神们就告辞,
告别勐邦果的所有帕雅,
也都回到各自的天界里去。

婻苏扎娜见到丈夫,
内心无比高兴,
俗话说久别胜新婚,
就急忙询问帕雅因:

"奴的大王啊,
您出去了一个时辰,
到什么地方去了,
总不见你的身影?"

帕雅因忙答道:
"我和六位梵天神一起,
帮助帕那罗延那的外孙去了,
去帮助他们成家立业办大事。

"那位巴罗刚满十六岁,
就美得如同天神一样,
巴罗迷倒了许多美女,
没多久就娶了四位爱妻。

"他的弟弟昆代,
妹妹婻西丽芭都玛,
也跟他一样美貌,
这是奇迹也是天神功劳。

"他们兄妹三人一生下来,
就带有清新的体香,
吃的是仙界的食物,
都没有腥臭的屎尿。"

婻苏扎娜听后很动心,
帕雅因这样夸赞他们,
她非常想见一见巴罗,
于是就对帕雅因说:

"奴的大王啊,
奴非常想见一见巴罗,
奴也要下凡去看一看,
是否真有这样的奇迹。"

帕雅因知道她的想法,
知道她已爱上巴罗,
因为他确实英俊美貌,
长得如同梵天神一样。

才听说巴罗就想去见面,
她要是真的见到巴罗,
毫无疑问会爱上他,
要真这样可就麻烦了。

帕雅因这样想后,
就对婻苏扎娜说:
"婻苏扎娜啊,
我看这事有点不妥。

"你说想见巴罗,
如果你真去的话,
天神会有很多闲话,
你会被他们议论和指责。

"他们一定会这样说:
'原来婻苏扎娜也会分心,
这个仙后找别人的丈夫,'
要真这样有多难听。"

帕雅因这样说后,
念动神咒施展法术,
用仙水洒在自己身上,
就变成巴罗模样。

婻苏扎娜看到巴罗,
原来是这样英俊美貌,
她心里非常高兴,
顿时春心萌动手忙脚乱。

她带假巴罗进自己寝宫,
和假巴罗云雨了一番,
帕雅因施展神通法力,
才使得婻苏扎娜欲火消退。

听吧,
芳香传遍山箐的妹妹啊,
现在哥要把故事继续讲述,
讲述帕巴罗回勐邦果的故事。

帕巴罗回到勐邦果之后,
就让人们建盖六间赕阁①,
四道城门旁边各置一间,
另一间赕阁安放在城中央。

还有一间放在王宫的院门旁,
六间赈阁建好之后,
巴罗开始施舍布施,
每天布施都亲自去做。

每天拿出六十万两金六十万两银,
天天布施的数量都一样,
他把金银布施给穷苦人,
给穷苦人带去生存的希望。

巴罗与王妃带头布施,
消息很快传遍王城和村寨,
整个南赡部洲的人都知道,
需要物品的人都可以去取。

消息越传越广,
来索取的人也越来越多,
有的拿去自己用,
有的拿去做买卖。

巴罗和仙妻的仙品很多,
多得超过十万百万千万万,
有粮食物品和金银珠宝,
都是从仙界里带回来。

粮食财物取之不尽用之不竭,
布施九百万年也布施不完,
巴罗的名气因此越来越大,
如雷贯耳传遍海角天涯。

佛祖世尊讲完这段故事,
又回过头来进行小结,
巴罗布施的事确实很感人,
他对比丘和释迦族的王亲讲:

①赈阁:布施施舍的亭榭。

"如来佛转世为帕巴罗的时候,
得到的仙物仙财很多,
多得超过十万百万千万万,
全都拿出来布施给穷苦人。

"帕巴罗正是这样做,
每天拿出六十万两金,
还拿出六十万两银的财物,
布施给生活困难的穷人。"

第四十二章

韦术塔出家修行
雪山林巧遇乌莎

ᥘᥤᥛᥳ ᥔᥤᥲ ᥔᥥᥭᥴ ᥛᥣᥲ

傣族英雄史诗
乌莎巴罗

ᥘᥤᥢᥴ ᥖᥤᥲ ᥑᥨᥒᥲ ᥑᥩᥒᥰ ᥙᥨᥐᥲ ᥢᥣᥭᥴ ᥗᥤᥐᥲ ᥔᥩᥒᥰ
ᥙᥤᥲ ᥛᥫᥐᥰ ᥖᥨ ᥐᥭᥳ ᥕᥣᥒᥰ ᥔᥣᥲ

听吧，年轻的姑娘，
你像盛开的缅桂，
你如水面上的荷花，
散发出诱人的芬芳。

现在哥将继续往下唱，
哥不会乱编故事骗姑娘，
世上发生八种病症时候，
产生病症的起因究竟是什么？

这灾难的起因是什么，
源于那个帕板捧麻典，
是他给人们带来灾难，
是他的作孽埋下祸根。

所以众神王对帕板很恼火，
对为非作歹的人深恶痛绝，
他们之间形成了针锋相对，
他们结下不可调和的仇怨。

神王方面有帕那罗延那，
帕雅因和帕摆及帕毗湿奴，
帕巴郎麻埃舜和帕瓦伦纳，
帕勇和帕亨达八大王。

另一边的七大王以帕板捧麻典为首，
接下来是帕本和帕贡盘腊，
帕乾闼婆和帕松，
还有帕轰嘎达莱和帕输达丢瓦。

在帕亨达掌管勐邦果的时候,
双方就埋下了灾难的祸根,
后来愈演愈烈没完没了,
给人间带来了各种灾难。

也正因为这个缘故,
帕雅因寝食不安,
他请天神下凡投胎,
转世成了乌莎和巴罗。

两人发生的故事加剧了双方矛盾,
故事因此更加精彩,
现在就接着讲这个故事,
讲他俩如何影响两大王国。

在勐迦湿国,
有一个非常富有的富翁,
他的名字叫韦术塔,
他的故事耐人追寻。

他的财富能堵住湄南荒河,
他的衣服能装满一栋楼房,
他的谷子能养活一百亿人口,
他的佣人有九十八万。

他的生活每天有人服侍,
他的生活甜美赛过蜜糖,
可惜人生没有十全十美,
他也有不幸和灾难。

他有一位美丽的妻子,
他视妻子为宝贝心肝,
他同妻子形影不离,
妻子时刻不离他身旁。

可惜天有不测风云,
他家突然降临灾难,
他的爱妻患了绝症,
四处寻医无法恢复健康。

富翁为此百思不得其解,
他认为有钱人可使唤风雨,
他认为自己钱财不少,
金银财富堆积如山。

仅黄金就有一百八十亿两,
白银也有一百八十亿两,
还有一百八十亿的钱币,
这样富有为何还有苦难?

他生活在勐迦湿国,
他手下佣人多如蚂蚁,
他生活得无比舒适,
吃穿不愁家里富贵华丽。

自从他同妻子结婚,
生育了四个英俊的儿子,
四个儿子大小相差一岁,
年龄从十四岁到十七岁。

不料妻子患病久治不愈,
四个儿子也很悲伤,
后来妻子离开人世,
留下丈夫和四个儿子。

这个富翁什么也不缺,
偏偏失去他的宝贝心肝,
那时大儿子刚满十六岁,
富翁韦术塔又当爹又当娘。

妻子死后他很痛苦,
再多的财富无法替换死去的妻子,
他为此痛哭了好几天,
伤心的泪水已经哭干。

他无法忘记结发妻子,
他也想到重新娶妻续弦,
按照他的家庭和财富,
再娶妻子不会困难。

可是他心里又反复想，
怕娶着坏女人，
担心后妻虐待孩子，
给家里生活带来麻烦。

他还担心外人议论，
说有钱人生活糜烂，
只顾自己不顾孩子，
这样的男人太不像样。

别人还会说三道四，
说这个富翁缺德无良，
夫妻俩原来很恩爱，
妻子刚死又娶婆娘。

大丈夫好比一棵大树，
好妻子就像野藤把树缠，
大树离开野藤会倒伏，
续弦的后果不堪设想。

想来想去他放弃续弦念头，
他在为孩子着想，
他要克服悲痛，
好好把四个孩子抚养。

好不容易把四个儿子养大，
长大到可以结婚的年龄，
儿子长大要成家立业，
富翁忙于为儿子找婆娘。

他找来四个美丽的少女，
他们一见面就相互爱上，
父亲就为他们举行婚礼，
夫妻生活过得很美满。

他已把四个孩子养大成人，
让已故的妻子在天堂里放心，
接着他把财产分成五份，
每个儿子分给一份财产。

他分财产时公平合理,
不偏不倚每个人都一样,
财产中包括布匹牛马,
还有众多的大象。

他把另一份财产用来救济穷人,
孩子们都劝父亲别这样,
可是他的决心已定,
孩子们的劝说没使他回心转意。

其实儿子对父亲并不理解,
富翁另有自己主意,
他不留恋自己的钱财,
他想出家当帕腊西。

他把财产分给儿子之后,
开始准备出家的行装,
他准备了生活必需品,
还有简单的用具等物件。

这些工具有斧子和刀子,
有三脚架瓢盆和锅碗,
还有针线和锥子,
另有锄头和镐铲。

他把必需品带上之后,
便悄悄地离开家乡。
他独自一人离去,
走进没有人烟的林莽。

他看到密密的丛林中,
没有现成的道路可通行,
那些树木盘根错节,
有的是悬崖峭壁大石山。

他离家走进林海后,
没有客栈也没有村庄,
他白天走路夜晚停下,
常常露宿在大树旁。

他走进林海已有二十天,
总是找不到理想的地方,
既没有想象中的神树,
也没有可安心修行的神山。

树林中猛兽出没,
但都没有伤害他,
麂子和马鹿到处奔跑,
成为他的朋友。

有时还见到猴群和松鼠,
在树上蹿来蹿去闹着玩,
林子里的鸟类也不少,
那鹦鹉唱起歌来声音嘹亮。

还有野鸡、白鹇和凤凰,
这些鸟羽毛亮丽很好看,
尤其是成双成对的绿孔雀,
引起他对已故发妻的思念。

此时的神王帕雅因,
他巡视人间朝下望,
他看到孤独的富翁,
他心里头想:

"哦,这就是那位富翁吗?
听说他家的财产有千千万万,
他放弃财富抛下儿子,
独自一人皈依佛门当腊西。

"他很有法行和福气,
他这个人心地善良,
应当助他一臂之力,
成全他的梦想。

"要设一座凉亭提醒他,
不能让他在山路上彷徨,
要让他有个安身之地,
静下心来读经修炼。"

帕雅因下到地面上，
暗中给他引导方向，
富翁身不由己跟神王走，
平安到达了雪山林。

在那里有一幢僧房，
像专门为他安排一样，
四周环境很优美，
僧房也建得很漂亮。

僧房干干净净，
路边有活动场，
他既可以在僧房里念经，
也可以在活动场休息。

帕雅因想得很周全，
他还变了座金湖在僧房旁，
湖里长着金莲花，
金湖秀丽又宽广。

鲜艳的金莲花怒放，
微风习习碧波荡漾，
金莲花芬芳四溢，
沁人心脾醉人心扉。

在僧房附近有棵菩提树，
树干粗壮形如巨伞，
树林里有无数野果，
硕果累累可口酸甜。

瓜果品种繁多没人采摘，
一个人无论如何吃不完，
瓜果中有黄瓜香瓜和南瓜，
还有玉米等食粮。

凡是家乡有的瓜果，
雪山林应有尽有，
森林茂密绿茵如盖，
雨水充足气候凉爽。

僧房边还有一口水井，
井水清澈如镜子一般，
看到如此美好的环境，
富翁觉得心满意足。

帕雅因为了富翁的安全，
把野兽赶到很远的地方，
经过神王的精心安排，
修行的环境非常理想。

在僧房的东门上方，
写着一句告示：
"此乃佛门修行圣地，
专供佛家弟子当帕腊西。"

在这幢僧房里面啊，
佛家神物样样齐备，
帕雅因安排好后，
就飞回天堂。

韦术塔走进僧房，
已精疲力尽，
他在林海中已走一个多月，
看到僧房如同进了天堂。

他认为自己有福气，
福气源于有好心肠，
不贪图个人享受，
遇事多为别人着想。

韦术塔高声呼唤，
却不见有人回答，
韦术塔对此不得其解，
猜想帕腊西也许外出游玩。

他坐在门口休息片刻，
才发现僧房东门上的告示，
告示下方堆放不少物品，
印证了他的猜想。

能得到天神的救助，
是前世行善今生得好报，
这是值得庆幸的大好事，
他为此欣慰心安。

他于是跪下向天祈祷，
尔后认真打扫僧房，
他对照《佛本生经》，
每天早晚认真诵念。

他每天以野生瓜果，
作为生活的主要食粮，
把佛经戒律，
作为自己的行为规范。

五戒八戒不离脑子，
每天双掌合十，
朗朗上口念经书，
一心一意不染杂念。

"布塔滚坦麻滚桑哈滚"，
这头三句每天念个没完没了，
他跌坐静静祈祷，
神情专注成为一名虔诚腊西。

经书上教导人们忍耐，
它的原词是这样讲：
"达那巴拉密西腊巴拉密①"，
这是最初出家人的口头禅。

富翁正式剃度做了帕腊西，
从此以后他全心全意悟道，
身体觉得同以前不一样，
摆脱了做人的许多烦恼。

他最终悟道修成正果，

---

①达那巴拉密西腊巴拉密：意为布施波罗蜜，戒波罗蜜。

能腾云驾雾上天飞翔,
他的视力比正常人强三倍,
能看到人世间的丑恶现象。

修成正果后他有了新形象,
凶猛的野兽见到他都会退让,
动物亲眼目睹这新来的帕腊西,
对他的功力交口称赞。

帕腊西继续生活在僧房里,
在天上飞行时与小鸟为伴,
在森林里他与野兽同行,
他生活幸福不觉得孤单。

他白天进森林采果,
早晚在僧房念经修炼,
他每天都要下湖沐浴,
消除学习和采果的疲倦。

这天一大早他在森林里巡游,
采集野果回来充饥肠,
他放下挎包稍事休息后,
正准备下湖洗澡。

这位有福气的帕腊西,
突然发现一个意外的现象,
他看到金湖中间有一座塔楼,
塔楼四周的莲花散发出清香。

其中有一朵特大的莲花,
同千万朵金莲花不一样,
它枝叶茂盛碧绿晶莹,
它香气扑鼻色泽鲜艳。

帕腊西感到奇怪,
他于是走过去细看,
他发现有一位美丽的少女,
端坐在莲花里。

听吧,天仙下凡的妹妹啊,
哥要把后面的故事唱下去,
要把复杂的故事理出头绪,
哥要讲述婻乌莎投生下凡。

在那时的梵天上,
帕那罗延那正在奔忙,
他带着一位美貌的仙女,
到了天庭王宫交给帕雅因神王。

请他把这位仙女带到人世间,
到韦术塔僧房旁的大湖里,
再变出一座金塔楼和一朵金莲花,
然后把这位梵天女神放进去。

帕雅因来到雪山林,
降落到僧房旁的大湖上,
他变出一座精美的金塔楼,
把仙女和所有物品放进塔楼里。

金塔楼宽约三庹,
建造得富丽堂皇,
湖面上开满莲花,
散发出阵阵清香。

帕雅因把一切都处理好之后,
就交代这位梵天女神说:
"请记住,梵天女神啊!
你就在这里侍奉韦术塔腊西。

"其实你同腊西是父女关系,
你的安全不用忧虑,
我每天都会暗中保护你,
直到实现我和帕那罗延那的心愿。

"将来你会得到一位丈夫,
英俊美貌非常杰出,
你也将会因此而积下福德,
为你自己营造出美好未来。"

帕雅因交代完之后,
就回到忉利天仙界,
仙女遵照神王意思,
走进一朵莲花之中。

听吧,波浪拍岸般的妹妹,
现在哥将调转话头,
讲述森林中修行的腊西,
讲述他接下来如何行动。

就在帕雅因离开之后,
韦术塔腊西做了一个梦,
他梦见有一朵金莲花,
里面有一位美丽仙女。

他梦见有一座金塔楼从天而降,
落在自己僧房旁的大湖中,
当他从梦中醒来之后,
梦境历历在目久久不散。

第二天他如常去湖中游泳,
湖面传来女孩的呼声,
呼声发自一朵大莲花,
原来是梵天女神的呼喊。

韦术塔腊西听到女孩的呼声,
才想起自己昨夜所做的梦境,
心想呼声可能同梦境有关,
于是他就赶快过去查看。

韦术塔腊西去到大湖边,
看见有一朵美丽的大莲花,
莲花璀璨夺目散发出芳香,
正开放在湖中央。

湖中还有一座塔楼,
非常精美从未见过,
韦术塔腊西觉得奇怪,
于是走进塔楼里面。

他到近处仔细查看,
看见莲花里的姑娘,
那小姑娘躺在那里,
她正是那位梵天女神。

这个小梵天女神容貌极美,
身上闪烁着金子般耀眼的光芒,
光芒四射照亮了宽广的湖面,
身上还散发出一股宜人清香。

那芬芳的香味飘溢出去,
使得雪山林里空气变样,
所有的地方都能够闻到,
都充满这种淡淡的清香。

韦术塔腊西觉得纳闷,
向小姑娘问道:
"请问小姑娘啊,
你为何会出现在这里?

"姑娘啊姑娘,
莫非你是妖怪乔装打扮,
装成美女勾引出家人,
使腊西分心受骗上当?

"莫非你是勐乌东板公主,
不想回家在此消磨时光?
凡尘哪有你这样的美女,
你的美貌举世无双。

"或许你是天上的仙女,
独自一人偷偷下凡?
莫非你是山野的妖婆,
想吃人肉饿得发慌?

"莫非你是龙宫的公主,
来自广宽无边的大海洋,
跑到陆地来找情人,
正在亭子里等得焦虑不安?

"如果你真的从龙宫里来,
如果你有什么事要办,
就请你讲出来,
出家人行善积德宽大为怀。

"做得到的事情,
我一定会帮忙,
办不到的事情,
我也会对你讲。"

少女听了帕腊西的话,
觉得他的心眼不坏,
她向他行合十礼,
并回答帕腊西的疑问:

"小女是帕那罗延那的孙女,
名叫乌莎生活在天上,
第一层天叫梵天,
我是上层神王的姑娘。

"帕雅因神王告诉我,
我前世的父亲名叫韦术塔,
他正在修行当腊西,
就住在雪山林。

"他派小女下到森林里,
为正在修行的父亲帮忙,
照顾他的生活起居,
让他能安心念经积德行善。

"现在小女在这里,
就是在寻找父亲,
如果长辈见到我的父亲,
请告诉我他的情况。

"小女年幼无知,
说话难免莽撞,
请大师别往心里去,
请大师多多原谅。

"小女暂住在这里,
请大师不要把我赶,
小女只要找到父亲,
小女立刻跟他走。"

韦术塔听了少女的话,
心中顿时明白,
像那乌云密布的天空,
突然变得阳光灿烂:

"我眼珠般的女儿啊,
我就叫韦术塔腊西,
就是你寻找的前世父亲,
你是我的宝贝心肝。

"前生前世我们的祖宗,
在勐迦湿的平坝上,
那地方离这里很远,
那地方风光秀丽百姓富足。

"阿爸离开故乡来这里修炼,
已经有两年的时间,
现在已经知道自己的身世,
你就跟阿爸回僧房吧。"

接着韦术塔向上天祈祷,
请求上天大开慧眼帮忙,
帮他搬走女儿住的塔楼,
放在他修炼的僧房旁:

"万能的天神啊,
如果小女真是我的女儿,
就请你开恩帮忙,
将小女的塔楼移近僧房。

"如果小女真是我的女儿,
就请你对她原谅,
不计较她的过失,
不要把罪名加到她身上。

"请上天的神王啊,
帮我搬走这座楼房,
让父女能住在一块,
实现女儿下凡的理想。"

天上的神仙,
听到韦术塔的话朝下望,
其实帕雅因早有交代,
他们待命出发帮这个忙。

神仙们纷纷朝下看,
看到了这位美丽的姑娘,
看到她找到了修行的父亲,
众神便一起从天而降。

他们来到了金湖旁,
动手移动湖中的塔楼,
包括塔楼里的一切神物,
有弓剑和刀枪。

除了神仙用的神刀神箭,
塔楼里还有无价的宝藏,
包括飞行用的神鞋,
以及神国玉石多种多样。

楼房栽入地下很牢固,
凡人要搬动它非常困难,
神仙们个个有法术,
他们有回天的力量。

神仙们拔起乌莎的塔楼,
飞天而去安放在僧房旁,
众神仙搬好金塔楼,
又各自飞回到天堂。

嫡乌莎的父亲韦术塔,
这位修炼成功的帕腊西,
他看到神仙动手搬塔楼,
便先行回到他的僧房。

他在那里等待女儿到来,
那高兴的样子难以言表,
他站在僧房门口观望,
亲眼看着神仙把塔楼安放。

前世的父女终于团聚,
帕腊西的生活不用自理,
小女每天给父亲端水洗漱,
给他做香喷喷的饭菜。

帕腊西更加专心念经祈祷,
从此不觉得寂寞和孤单,
到了吃饭的时间,
女儿摆好饭菜陪他用膳。

女儿还亲自到山里采野果,
让老父亲吃得更好,
她按照佛门的规矩,
照顾父亲从不出错。

她陪伴父亲修炼,
生活枯燥但不觉得寂寞,
没有人跟她交谈聊天,
她就一人到密林里唱山歌。

她唱着乌莎之歌,
花蕾争相绽放附和,
她唱着野果之歌,
眼前出现了美味瓜果。

她赞美自然风光,
美妙歌声在森林里回荡,
她赞美飞禽走兽,
孔雀开屏百鸟飞翔。

她边采野果边歌唱,
日子过得轻松舒畅,
她的歌声唤醒了沉睡大地,
她的歌声使山坡野花烂漫。

她在雪山林住了三年,
陪伴父亲度过美妙时光,
她的孝道感人肺腑,
她给人们树立了好榜样。

她的行为感动上苍,
她的行为令妖魔弃恶从善,
她的行为感动人间,
她的行为令人们丢掉杂念。

她在山林里唱歌,
妖怪围在她身边听她歌唱,
她甜润的歌喉啊,
使妖怪如痴如醉进入梦乡。

妖怪们与她成了好朋友,
经常与她聊天交谈,
听她讲做人的伦理道德,
妖怪茅塞顿开心胸开朗。

她用最动人的语言,
用最得体的方式谈理想,
妖怪们都对她非常敬重,
把她奉为菩萨娘娘。

它们向她行合十礼,
她在妖怪心目中有高大形象,
妖怪们还用妖国的食物,
作为礼物送给她品尝。

妖怪们喜欢听她唱歌,
她的歌声令妖怪回味难忘,
它们听得十分开心,
经常听不够叫她重唱。

乌莎甜美的歌声啊,
如同山泉水淙淙流淌,
给干渴的禾苗注入甘露,
使山野充满了生机。

她不仅仅只是唱歌，
还把佛经故事讲给妖怪听，
她用佛祖经书教义，
引导妖怪们走正道。

她要妖怪们尊重佛祖，
要保护修炼的帕腊西，
因为帕腊西是佛门弟子，
出家人都心地善良。

她还用五戒八戒教育妖怪，
要它们学好不要学坏，
贪心和抢劫都不允许，
手高眼低论输赢也是坏习惯。

行善积德死后上天堂，
终生享福无忧无烦，
作恶多端会进油锅，
被煎熬十万年长。

这位美丽的乌莎姑娘，
她身上的香味充满魅力，
她说话温柔感人至深，
妖怪们对她崇敬无比。

佛祖世尊又开始小结，
他讲的故事到了一个段落，
他对富翁的出家感慨万千，
对众比丘和释迦族王亲说：

"众比丘啊！
韦术塔腊西在雪山林修行，
在僧房里念经修炼多年，
终于修成了正果。

"他可以在空中自由飞行，
还感化了周围的生灵，
在他修行处三千由旬内，
所有动物不会互相残杀。

"他的慈无量心发出威力,
感化了所有动物的心灵,
所以动物能够和睦相处,
那片雪山林太平安宁。"